GAME OF GOETIA

니콜로 장편소설

FUSION FANTASTIC STORY

마왕의 게임

마왕의 게임 4

니콜로 장편소설

초판 1쇄 찍은 날 § 2015년 11월 5일
초판 1쇄 펴낸 날 § 2015년 11월 12일

지은이 § 니콜로
펴낸이 § 서경석

편집책임 § 한준만

펴낸곳 § 도서출판 청어람
등록번호 § 제387-1999-000006호
등록일자 § 1999. 5. 31
어람번호 § 제1-2280호

주소 § 경기도 부천시 원미구 부일로 483번길 40 서경B/D 3F (우) 14640
전화 § 032-656-4452 팩스 § 032-656-4453
http://www.chungeoram.com
E-mail § chungeorambook@daum.net

ISBN 979-11-04-90501-8 04810
ISBN 979-11-04-90396-0 (세트)

니콜로 장편소설

FUSION FANTASTIC STORY

마왕의 게임

도서출판 청어람

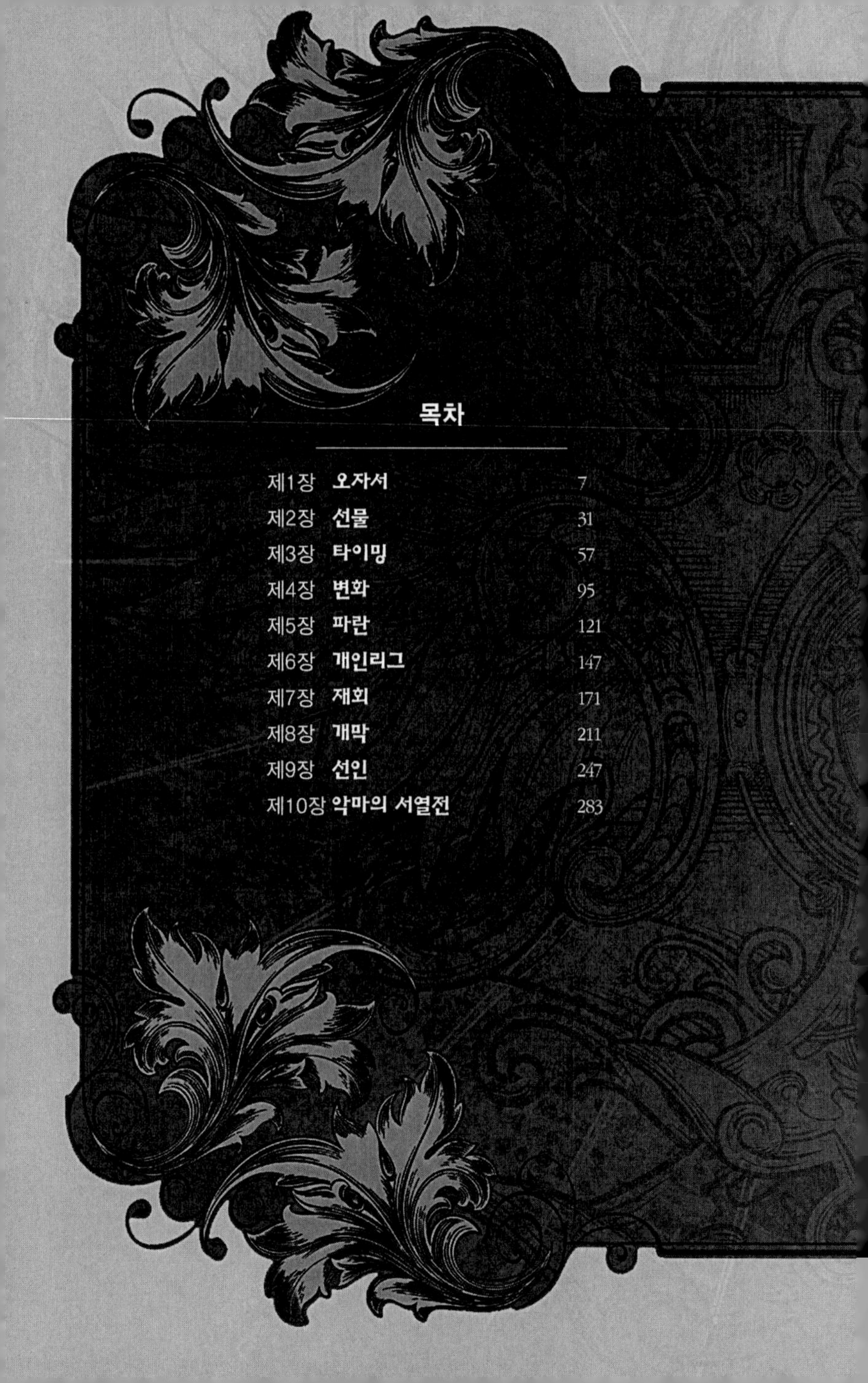

목차

제1장 오자서 7
제2장 선물 31
제3장 타이밍 57
제4장 변화 95
제5장 파란 121
제6장 개인리그 147
제7장 재회 171
제8장 개막 211
제9장 선인 247
제10장 악마의 서열전 283

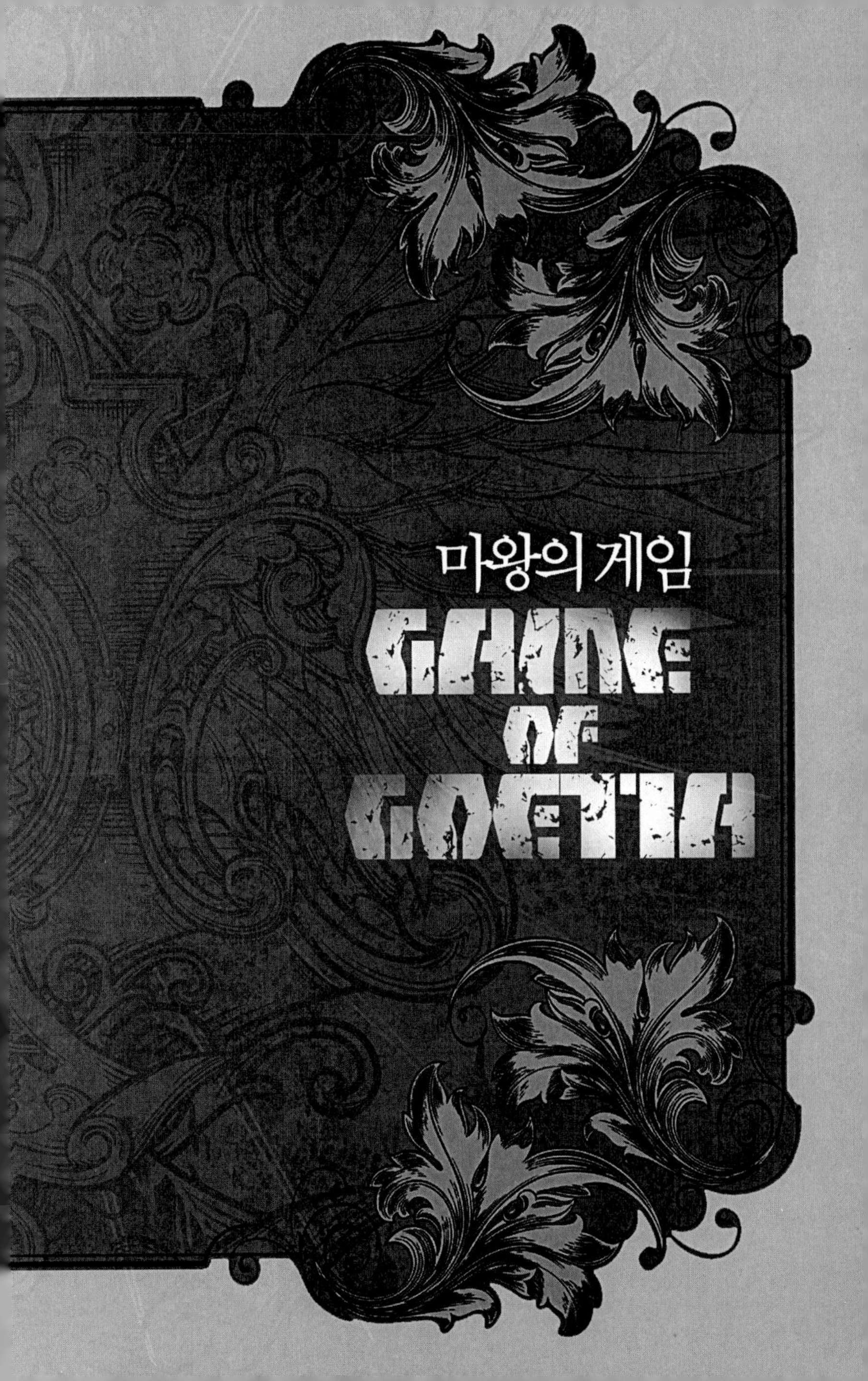
마왕의 게임
GAME
OF
GOETIA

제1장

오자서

제 목 : 돌아온 카이저에게 경의를 표하며

작성자 : 칼럼니스트 테오 벨몽스

세계 e스포츠 팬들은 기억할 것이다.

불세출의 스타 카이저(본명보다 더 친숙하기에 앞으로도 이렇게 부르겠다)가 계약상 명시된 자신의 연봉과 인센티브, 그리고 우승 상금을 받기 위해 법적 소송까지 걸어야 했던 사건을.

그리고 그로 인해 평판이 나빠지자 후원사는 일방적으로 후원을 중단해 하마터면 팀이 공중 분해될 뻔했던 한국 e스포츠 프로 리그의 추태를 말이다.

놀랍게도 e스포츠의 발상지인 한국은 그러한 열악한 실태가 만연해 있었고, 장기적인 미래를 본 대대적인 투자로 선진적인 프로리그를 구축한 북미 및 유럽권에 뒤처져 더 이상 e스포츠 강국이라 할 수 없게 되었다.

하지만 세계 e스포츠 팬들은 또한 기억할 것이다.

그런 열악한 나라에서 탄생한 카이저의 가공할 활약을.

월드 SC 그랑프리 개인전을 단 한 세트도 패하지 않고 우승한 그는 본인의 소감 그대로 상대가 없었다.

의학적인 선수 육성 프로그램.

과학적인 전략 분석.

소속 프로 팀이 해줬어야 했던 역할을 그는 혼자서 해냈다.

그 뒤에 등장한 박영호(Runner), 최영준(rush_Joon) 등의 스타들도 마찬가지다. 열악한 인프라에도 불구하고 그런 천재가 탄생하는 것을 보면, 역시 한국은 묘한 저력을 가진 나라라는 것을 인정하지 않을 수가 없었다.

그리고 어제 벌어진 박영호와 카이저의 대결도 한국의 잠재력을 보여준 명경기였다.

박영호.

한국의 개인리그 챔피언에 월드 SC 그랑프리 개인전 은메달리스트인 그는 명실상부한 세계 최고 수준의 프로게이머였다.

철벽(iron wall)이라 불리는 별명은 그의 스타일을 그대로 보여준다.

월드 SC 그랑프리에서 박영호는 불리한 상황에 처했을 때도 별명 그대로의 디펜스로 끈질기게 버티고, 장기전에 이르러 상대가 지쳤을 때 폭풍 같은 템포로 반격을 가해 끝내 승리를 쟁취하는 모습을 많이 보여주었다.

그러한 버티기와 역전극의 후반 운영은 기본적으로 그가 누구보다도 집중력과 끈기가 특출하다는 것을 의미했다. 즉, 멀티태스킹과 피지컬의 우위로 상대를 찍어 누르는 무서운 승부사인 것.

끔찍한 사고를 딛고 1년 만에 복귀한 카이저로서는 힘겨운 상대였을 게 분명했다.

허점을 날카롭게 찌르든가 마이클 조셉을 격파했을 때처럼 상대를 뒤흔드는 심리전이 아니면, 박영호의 철벽을 뚫기 위해서는 필연적으로 피지컬의 대결이 될 수밖에 없었기 때문이다.

20대 중반에 이른 나이는 그렇다 쳐도, 심각했던 부상과 1년의 공백기를 감안하였을 때 카이저에게 그럴 만한 피지컬이 있을지는 의문스러운 상황.

어쩌면 우리는 더 이상 절대군주가 아닌 카이저를 보게 될 지도 몰랐다.

하지만 카이저는 과연 명불허전이었다.

시종일관 공방을 주고받으니 막상막하의 승부라고 착각할 수 있지만, 경기 전체의 그림은 카이저의 전략이 성공한 그림이었다.

병영 체제를 생략하고 바로 기갑 체제로 감으로써, 박영호로 하여금 먼저 공격하지 않을 수 없게 한 빌드 오더의 선택.

그리고 그 공격을 격퇴해 타격을 입힘으로써 우위를 차지한다는 시나리오였다. 철벽을 부수는 가장 쉬운 방법은 박영호가 먼저 공격하게 만드는 것이라는 사실을 정확하게 짚은 것이다.

물론 큰 그림은 그러했지만, 그렇게 단순하게 정의 내리기에는 두 선수의 경기력이 너무나 대단했다. 상대의 움직임에 따라 끊임없이 체제를 변화시키며 유동적으로 준비한 전략을 수정하는 그들의 전략은 무서울 정도였다.

전략팀의 지원에 익숙한 우리 유럽권 선수들이 흉내 내기 어려운 면모였다.

게다가 숨 가쁜 템포와 서커스 같은 컨트롤의 향연.

상대의 동선을 예측하고 함정을 파놓는 순간판단력.

그리고 승리를 향한 강한 집념까지!

세계 e스포츠 팬들은 말한다.

과거 현재 미래를 통틀어 최고의 프로게이머는 전성기 시절의 카이저였다고.

인간이 할 수 있는 극한을 이미 그가 보여주었고, 다시는 그 같은 레벨의 플레이를 볼 수 없을지도 모른다고.

하지만 나는 감히 말할 수 있다.

어제의 두 사람은 역대 최고 수준의 경기력을 보여주었다.

박영호는 물론 카이저도 예전의 자신보다 더 발전된 모습으로 나타났다.

이젠 누가 그에게 대적할 수 있을까?

3년 전과 달리 이번에는 수많은 라이벌이 나타나 카이저를 위협해 주기를 즐겁게 기대해 본다.

* * *

인터넷 각 커뮤니티가 폭발했다.

누가 최고냐를 놓고 다시금 말싸움이 불붙었다.

이제 명실상부하게 이신이 세계 최강이라는 말과 단 한 번의 대결로 어떻게 판가름하느냐는 의견이 첨예하게 대립했다.

또한 최영준에 대해서도 이신이 우위에 섰다는 말이 나오기 시작했는데, 이 의견은 Player_SIN이 이신과 동일 인물이라는 추측이 거의 기정사실화되었기 때문에 나왔다.

Player_SIN은 개인방송을 하는 최영준과 겨뤄 2승 1패를 기록했기 때문이었다.

하지만 마지막 운영 대결에서는 이신이 졌으니 최영준이 더 강하다고 말하는 이도 있었고, 이신이 이제야 막 몸이 풀려 본 실력이 돌아왔다는 반박도 있었다.

마이클 조셉과 엔조 주앙 등까지 싸잡아 비교하며 전 세계 네티즌까지 논쟁을 벌이는 지경까지 이르렀다.

프랑스의 유명한 e스포츠 칼럼니스트 테오 벨몽스의 대호평으로 볼 수 있듯이, 전 세계 e스포츠계는 이신을 경외하고 찬사를 보내는 중이었다.

어쨌거나 그렇게 갑론을박하는 것도 팬들의 즐거움 중 하나였다.

하지만 그러한 관심 때문에 MBS는, 그리고 방진호 감독은 문제에 부딪쳤다.

"뭐라고요?!"

방진호 감독이 버럭 소리를 질렀다.

MBS팀의 운영을 책임지는 박상혁 단장은 식은땀을 흘리며 난간한 처지를 고스란히 드러냈다.

"중국 상하이 텐화 게임단에서 이적료 30억을 불렀어요. 이신 선수 개인에게도 엄청난 대우를 해줄 것 같더군요."

"이신을 팔겠다는 겁니까?!"

"저야 팔고 싶지 않지만, 윗선에서는 아주 관심이 지대해요."

"미쳤습니까? 이신이 우리 팀에 있다는 것만으로도 얻을 수 있는 효과가 얼마나 큰데……!"

"하지만 계약 기간은 1년짜리잖아요."

"……"

"올해랑 내년 전반기까지만 데리고 있으면 계약 기간은 종료되죠. 차라리 팔아서 이적료라도 건지자는 목소리가 경영진에서 나오는 중이에요."

"그깟 몇 푼 때문에!"

"알잖아요? e스포츠에 대한 방송국의 태도를요."

e스포츠에 대한 MBS 방송국의 입장은 간단했다.

이익을 볼 수 있지만, 굳이 많은 투자는 필요 없는 분야.

하물며 상부의 현 담당자는 실적을 올려 승진하기에 급급해 투자 금액을 최대한 줄여 당장의 이문을 높이려는 짓을 하고 있었다.

씨근덕거리는 방진호 감독에게 박상혁 단장이 괴로운 얼굴로 계속 말했다.

“더 큰 문제는 미국에서 들어온 제안이에요.”

“미국 어디 팀입니까?”

“뉴욕 SCC에서요. 그쪽은 아예 이신 선수와 주디스 레벨린 선수를 둘 다 원하더군요.”

“주디까지 둘 다?!”

“예, 사제지간이라는 점이나 주디 선수의 출신 집안이나 캐릭터가 된다는 것이겠죠. 아무튼 둘을 데려가는 데 이적료 50억을 주겠다고 하더군요. 아마 올해 후반기가 끝나고 이적 시즌이 되면 정식으로 오퍼가 들어올 거예요.”

“주디까지… 그건 정말 안 되는데.”

2연승을 거두며 순조롭게 데뷔한 주디는 벌써 방진호 감독이 엔트리를 쉽게 짤 수 있게 해주는 핵심 전력 중 하나가 되었다.

둘이 합쳐서 이적료 50억이라니! 실적 올리는 데 급급한 상부의 담당자는 얼씨구나 싶을 것이다.

애당초 코치로 영입하려 했지 선수 복귀는 기대할 수 없었던 이신. 그리고 연습생으로 데려온 지 얼마 되지 않아 1군 선수로 성장해 버린 주디.

그다지 노력도 없이 얻은 선수들이라서 팔아치우는 건 더 쉬운 것이다.

'주디야 이신이 가면 따라가겠다고 할 테고, 문제는 이신의 의사인데.'

선수 보강만 한다면, 내년은 강팀으로 거듭날 수 있는 MBS였다.

어디에 누구를 상대로 내보내도 지지 않는 이신이라는 에이스가 있으니, 전력 충원만 잘하면 내년에는 우승도 노려볼 수 있다. 하지만…….

'우리 주제에는 맞지 않는 대어라는 건가.'

방진호 감독은 쓴웃음을 지었다.

그도 남자인 이상 야망이 없을 수 없었다. 월드 SC 그랑프리 단체전에도 출전하는 최고의 팀을 이끄는 감독이 되고 싶었다.

하지만 매번 여건도 지원도 따라주지 않아 좌절하고 마는 것이었다.

어떻게든 해보겠다고 선수를 키워놓으면 윗선 새끼가 팔아치워서 자기 실적 채우는 꼴을 몇 번이나 보았는지.

방진호 감독은 우울한 기분에 휩싸였다.

*　　　*　　　*

집에 돌아와 오운이라는 사람을 검색해 보았다.

도대체 악마군주 안드로말리우스의 계약자라는 오운은 어떤 인물일까?

오운이라는 이름을 검색해도 별반 뜨는 게 없었다.

'아마도 중국 사람이겠지?'

그래서 이번에는 중국과 오운을 같이 검색해 보았다.

그래도 안 나오자 전략가라는 단어를 검색어에 추가했다.

그러자 마침내 나오는 인물이 있었다.

오자서(伍子胥, 기원전 257~221) : 오운(五員), 자는 자서(子胥). 초나라 대부 오사의 아들. 간신 비무극(費無極)의 흉계로 부친과 형이 억울하게 처형되자 초나라를 멸망시켜 원수를 갚겠다고 맹세하며 오나라로 도망쳤다.

공자 광(光)을 오왕(吳王)으로 즉위시킨 후 주도면밀하게 초나라 정벌을 계획·지휘, 오나라를 단시일에 강국으로 발돋움시켰다. 동병상련, 일모도원, 도행역시, 심복지환 등 수많은 고사성어의 주인공이다.

'허…….'

오자서라면 알고 있었다.

파란만장한 인생을 산 인물로, 오왕 합려를 춘추전국시대의 패자 중 한 사람으로 만든 사람이었다.

손자병법(孫子兵法)의 저자인 손무(孫武)와 동시대 같은 나라 사람이었던 탓에 알게 된 인물이지만, 손무 못잖게 대단한 능력을 가진 인물로 기억했다.

복수를 위해 초나라 왕을 무덤에서 파헤쳐 채찍질을 했다는 일화가 강렬하게 기억에 남았다.

'힘든 상대겠는데.'

공자 광을 오왕으로 즉위시킨 정략과 오나라의 부국강병을 이루게 한 국가 운영, 그리고 전쟁 수행 능력까지 두루 능력을 갖춘 인물이었다.

지금껏 상대했던 자들과 달리 능력이 어느 한쪽에 치우친 사람이 아니었다.

"뭘 그렇게 심각하게 고민하세요?"

문득 들리는 익숙한 목소리에 이신은 고개를 돌렸다.

그레모리가 보였다.

어느새 그녀의 궁전이었지만, 이신은 놀라지 않았다. 이제 충분히 익숙해졌기 때문이었다.

"오운이라는 인물에 대해 알아본 참이었습니다. 역시 만만찮은 상대더군요."

"역시 그렇죠? 그런데 이상하게 안드로말리우스는 아직까지 도전할 의사를 표하고 있지 않네요."

지난번의 서열전에서 무려 5만이나 되는 마력을 얻어 안드로말리우스까지 재치고 67위로 두 계단 껑충 뛴 그레모리였다.

그런데 이상하게도 안드로말리우스는 충분히 도전할 자격을 갖추고 있음에도 아직까지 잠잠하다는 것이었다.

이신이 문득 질문을 했다.

"우리 위 서열의 악마군주는 마력이 어떻게 됩니까?"

"우리 위에 있는 66위의 악마군주는 세에레라고 해요. 그가 가진 마력은 19만 1천이에요."

"우리가 도전할 수 있는 수치군요."

"그래요. 그래서 그 문제를 상의하고자 카이저를 부른 거예요. 안드로말리우스의 도전을 기다릴지, 아니면 위 서열에 도전할지를요."

이신은 곰곰이 생각하다가 입을 열었다.

"아마 악마군주 안드로말리우스 측은 도전을 해오지 않을 겁니다."

"어째서죠?"

그레모리가 의아한 표정을 지어 보였다.

이신이 말했다.

"지켜보기로 결심했겠지요."

이신의 생각은 이러했다.

악마군주 안드로말리우스와 그의 계약자 오자서.

그들의 입장에서는 좀 더 기다려 보는 편이 더 합리적일 것이다.

이신은 거의 파죽지세로 연승 행진을 하며 최하위 서열까지 추락해 있었던 그레모리를 단숨에 67위로 올려놓았다.

특히나 얼마 전에 벌인 마지막 서열전에서는 배팅 최대치인 5만 마력을 획득하는 대승을 거두어 안드로말리우스까지 추월해 서열이 두 계단 상승했다.

이는 오자서를 의식한 의도적인 행보였다.

오자서라는 강자와 싸우는 것에 대비해 도전하는 입장이 아닌, 도전받는 입장에 선 것이다.

전장을 선택할 수 있는 권리를 가진 피도전자가 서열전에서 유리한 것은 당연한 일이었다.

'이 생각을 알아차리지 못했을 리가 없다.'

그렇기 때문에 오자서는 도전을 망설이고 있는 것인지도 모른다.

상승세에 있는 이신을 상대로, 그것도 명백히 만반의 태세를 갖추고 도전해 오기를 기다리는 적과 싸우는 것은 합리적이지 못하니까.

"세에레의 계약자는 누굽니까?"

"이존욱이라는 인물이에요."

"이존욱?"

"들어보지 못하셨나요?"

"예."

"악마군주 세에레의 도움을 받아 말 위에서 패자(敗者)가 된 인물이에요."

말 위에서 패자가 되었다면 전쟁으로 크게 홍한 군주라는 뜻이었다.

그레모리의 설명이 이어졌다.

"마물 종족을 주로 다루고, 대단히 빠르고 공격적이었어요."

그 말은 그다지 신뢰가 가지 않는 이신이었다.

늘 패하는 쪽이었던 그레모리의 눈에는 상대가 다 공격적이게 보이는 법이었다. 그레모리의 전 계약자였던 마키아벨리는 실력이 많이 모자랐으니 말이다.

"일단 그쪽의 정보도 더 모아보겠습니다. 조아생 뮈라와 연락을 해야겠군요."

"제가 연락을 해놓을게요."

그레모리는 눈을 감고 통신을 했다. 잠시 후 그녀가 이신에게 손짓해 가까이 다가오라 했다.

그녀는 이신의 머리에 손을 얹었다.

—여어!

조아생 뮈라의 목소리였다.

—내가 서열전을 준비하게 돼서 요즘 많이 바쁘거든. 오늘은 이렇게 이야기하자고.

그 말에 이신은 잠시 생각했다.

"상대는 사나다 마사유키인가."

—아아, 그렇지. 흑태자 쪽은 아직 대패에 대한 충격에서 못

벗어난 것 같고, 암두시아스는 새로운 계약자를 찾느라 정신이 없는 눈치거든. 상대는 사나다 쪽밖에 없지.

"세에레의 계약자 이존욱에 대해 아나?"

—알고말고. 내가 이겼던 녀석이니까.

"말해봐."

—어이어이, 가는 게 있으면 오는 것도 있어야 할 것 아냐?

"뭘 원하지?"

—사나다 마사유키와 싸워서 이기려면 어떻게 해야 좋을 것 같아?

"그걸 질문이라고 하고 있나?"

—하핫, 좀 그랬나? 그냥 네 의견을 들어보고 싶어서 그런 거야.

"마룡이 나오기 전에 승부를 보는 편이 이기기 쉬울 것이다. 마룡이 나오면 네 기병대의 기동성 따위는 더 이상 장점이 되지 않으니까."

—음, 역시 그런가? 하긴 마룡들이 파리처럼 얼씬거리면 오크 궁기병으로 대적하기도 짜증나고 그렇지.

"이제 내게 오는 게 있어야겠군."

이신의 요구에 조아생 뮈라가 말했다.

—좋아, 이 몸도 네게 아주 좋은 사실을 알려주지.

"말해."

—오운 말이야. 그 양반 자존심이 아주 세.

"세에레의 계약자 이존욱에 대해 물었다."

―끝까지 들어봐. 오운은 또 뒤끝도 끝내주게 세지. 원한을 지면 절대로 잊지 않고 앙갚음하더라고.

"이존욱과 상관없는 이야기면 각오하는 게 좋을 거다."

―오운이 최근 이존욱에게 한 번 진 적이 있어. 들리는 소문에 의하면 그때 큰 모욕을 받았다고 하더군.

'들리는 소문?'

이신이 고개를 갸웃거렸다.

조아생 뮈라의 말이 계속되었다.

―그 일 때문에 오운이 이를 갈면서 앙갚음할 기회만 노리고 있었는데, 떡 하니 네가 나타나 중간에 끼어버린 거야.

"……."

―원래는 네 도전을 받아 승리를 거둬서 이존욱에게 도전할 마력량을 달성하려고 했는데, 대뜸 너희가 더 높은 서열로 올라가 버리니 조금 난감해진 셈이지. 원래 도전을 하는 쪽이 더 부담되는 법이잖아. 너에 대해서도 아는 바가 없고 말이지.

"그래서?"

―오운을 찾아가 봐. 오운은 지금 너와 싸울 생각이 없으니 이야기를 나눠보면 잘 타협할 수 있을 거야. 어쩌면 이존욱에 대해 조언을 해줄지도 모르지.

그러자 잠자코 말을 듣고 있던 이신이 입을 열었다.

"직접 오라 해."

—뭐?

"날 만나고 싶거든 그쪽에서 찾아오라고 전하라고."

—그 얘기를 왜 나한테 해?

"오운의 부탁을 받았잖아."

—내가 오운의? 하핫, 그런 부탁을 받을 일이 뭐가 있어?

"남의 인간관계를 파악하고 조언하기에는 넌 너무 멍청하거든."

—어이, 이봐?!

"대화는 여기까지로 하지."

그러면서 이신은 일방적으로 대화를 끝마쳤다. 그리고는 그레모리에게 말했다.

"조만간 오운이 찾아올 겁니다. 그때 가서 이야기를 해보고 결정하죠."

"그렇게 해요."

이신은 그렇게 자리에서 일어났다.

그레모리의 궁전에서 좋은 식사와 잠자리를 제공받으며 라스베이거스와 한국을 넘나들며 경기 준비를 해야 했던 피로를 풀었다.

그리고 며칠 후.

으리으리한 마차가 그레모리의 궁전에 도착했다.

마차에서 내린 인물은 20대 초반 정도로 보이는 동양인 남자였다.

키는 이신보다 약간 작은 정도. 춘추전국시대의 중국인 평균 체격을 감안하면 매우 큰 편이었다고 할 수 있었다.

바로 오자서였다.

"악마군주 안드로말리우스의 계약자 오운 자서입니다. 오랜만에 뵙습니다."

"오랜만이구나. 내 계약자를 만나러 온 것이겠지?"

"그렇습니다."

그레모리는 눈웃음을 지었다.

조아생 뮈라와의 대화를 중계해 주면서 들었던 그녀로서는 이신의 예견대로 되자 재미있어 했다.

잠시 후, 궁전의 1층 홀로 이신이 나타났다.

"오자서라고 한다."

"이신입니다."

"어디 사람이냐?"

"조선이라고 아십니까?"

"들어는 보았다. 그쪽 출신이로군. 지금은 뭐라고 부르지?"

"한국입니다."

"듣자 하니 네가 가장 최근 마계에 온 사람이라고 하던데, 그럼 역사를 많이 알겠구나."

"그냥 상식적인 정도밖에 모릅니다."

"그걸로 충분하다. 내가 모르는 세상 흘러간 이야기를 듣는 것은 각별한 즐거움이지. 한잔하겠나?"

오자서는 가져온 술 한 병을 보여주었다.

"술 안 합니다. 하지만 이야기는 바라던 바입니다."

"술을 안 하다니 남자가 아니군."

"결점이 없을 뿐입니다."

"하하, 그러냐."

오자서는 유쾌하게 웃었다.

궁전 뒤뜰, 맑은 연못과 산책로가 조성된 아름다운 정원에서 두 사람은 자리를 마련했다.

악마 시녀들이 먹을 것을 가져왔고, 두 사람은 단 둘이 남아 이야기를 시작했다.

"좋은 곳이군. 이런 곳이 악마들이 사는 세상이라니 믿겨지느냐?"

오자서는 맑은 연못을 보며 감탄을 했다.

"……."

이신은 대꾸하지 않았다. 억지로 말하며 알맹이 없는 대화를 하는 걸 싫어했기 때문이다.

오자서는 대답이 있는 없는 신경 쓰지 않고 할 말을 계속했다.

"나에 대해서는 얼마나 아나?"

"초나라를 멸망시키고 무덤에서 왕을 끄집어내 복수했다고 들었습니다."

"그 정도인가. 그래, 그거면 충분하지. 원수를 갚았다. 그걸 세상이 알아주었으면 됐다."

오자서는 혼잣말처럼 자신의 이야기를 시작했다.

오자서의 집안은 대대로 초나라 왕을 보필하던 명문가였고, 그의 부친 오사는 태부 벼슬의 지내며 태자 건의 스승 노릇을 하고 있었다.

당시 초나라는 평왕이 간신을 가까이 하고 왕실의 친인척들은 부정축재를 일삼는 상황.

거기에 한술 더 떠, 평왕은 자신의 아들인 태자 건과 혼인하기로 되어 있었던 진나라의 공주에게 반해 겁탈하고 태자에게는 따라온 시녀를 공주라 속였다.

심지어 평왕은 자신과 공주 사이에서 아들이 태어나자 태자 건을 죽일 음모까지 꾸몄다. 이때 태자 건의 스승이었던 오자서의 집안까지 제거해 후환을 없애려 들었다.

그때도 이미 오자서는 문무겸전(文武兼全)의 인재로 명성이 높았기에 평왕은 후환을 없애고자 집요하게 자객을 풀어 추격했고, 오자서는 계속해서 궁지에 몰린다.

계속되는 도피 생활로 자신의 처지에 절망한 오자서가 탄식하고 있을 때, 그는 누군가의 목소리를 들었다.

—나는 72악마군주의 하나인 안드로말리우스. 나쁜 일을 발견하고 죄인을 찾아 벌해줄 수 있지. 어떠냐? 나에게 소원을 빌겠느냐?

"소원을 들어주면 난 그 대가로 당신에게 무엇을 해야 하오?"

—네가 원하는 바를 이루고 생을 다한 날, 그때부터는 나를 위해 싸워야 할 것이다.

"내가 죽거든 당신이 나의 왕이 되는 것이구려. 좋소, 소원을 말하리다."

오자서가 이어 말했다.

"죄인을 찾아 벌해준다고 했지? 나는 천륜을 어기고 우리 가문을 해한 그 죄인을 벌해주시오. 아니, 내 손으로 벌할 수 있게 해주시오! 내 소원은 그거 하나면 족하오."

—내가 벌할 수도 있다. 그런데 정말 직접 이루고 싶으냐?

"그렇소."

—어렵지 않다. 너는 끝내 그 소원을 성취할 것이다. 하지만 당부컨대, 길은 여전히 먼데 해가 저무는 것을 유의해라(日暮途遠).

그 뒤로는 널리 알려진 대로였다.

오나라에 정착한 오자서는 오왕 합려를 보좌해 부국강병을 이루고 초나라를 쳐 복수에 성공한다.

그 뒤에도 그의 파란만장한 삶의 굴곡은 끊이질 않았다.

자신감이 하늘을 찌르는 오왕 합려는 남쪽에서 세력을 키우는 월(越)나라를 정복하고자 군대를 일으켰고, 오자서의 만류에도 불구하고 정복을 강행하다가 대패하여 전사한다.

오왕 합려의 죽음 후 오자서는 그의 아들들 중 부차를 지지해 왕위에 세웠다.

부차는 오자서의 도움을 받아 월나라를 정복해 부친의 원수를 갚는 데 성공하고 월왕 구천을 사로잡는다.

오자서는 구천을 죽여 후환을 없애야 한다고 주장했지만, 오왕 부차는 오자서의 간언을 듣지 않고 월과 강화를 맺는다.

간신히 살아난 월왕 구천은 복수를 위해서는 오자서가 없어져야 한다는 것을 알았다. 그래서 온갖 뇌물과 미녀 서시까지 오왕 부차에게 바쳐 환심을 사고, 오왕 부차와 오자서의 사이를 이간시키는 데 주력했다.

교만해진 오왕 부차는 결국 오자서에게 자결을 명했고, 오자서는 오나라의 멸망을 예고하는 저주를 남기고 죽었다.

"듣자 하니 결국은 내 추측대로더군. 구천은 부차를 사로잡았고, 부차는 자결을 했다지. 다 지난 일이라 꼴좋다고 말할 생각도 안 나더군. 직접 만나 사과도 받았고."

"직접?"

"나라를 망친 군주처럼 큰 죄인이 없지. 그가 어디에 있겠느냐?"

그제야 이신은 납득했다.

지옥과 밀접하게 맞닿아 있고, 시공도 초월하는 마계에 있으니 이런 일도 있는 것이다.

"자네의 다음 상대는 이존욱이지?"

"당신일 수도 있습니다."

오자서가 미소를 지었다.

"한 가지 제안을 하지. 내가 이존욱과 다시 겨룰 때 어떤 계책을 쓰려 하는지 알아맞힌다면 이존욱을 이길 수 있는 최고의 선물을 주겠네."

"계책은 너무나 많고 그중 당신이 무엇을 쓸지 누가 압니까?"

"나나 이존욱이나 자주 쓰는 종족은 마물일세. 그리고 내가 준비한 계책의 핵심은 헬하운드이지."

"헬하운드?"

"대신 자네가 진다면, 자네는 이존욱에게……."

그 말이 채 끝나기가 무섭게 이신이 말했다.

"헬하운드의 숫자를 속여 마룡이 나오기 전에 끝낼 생각입니까?"

오자서는 할 말을 잃었다.

제2장

선물

놀란 나머지 꿀 먹은 벙어리가 된 오자서.

"선물이 뭔지 궁금합니다."

이신은 무덤덤하게 말을 이었다.

"맞히든 틀리든 저를 이존욱과 싸우게 하려는 의도는 압니다. 하지만 정말 약소한 선물이라면, 전 이존욱보다 먼저 당신과 싸울 겁니다. 얼마나 시일이 걸리든, 결국 당신은 나와 싸워야 위로 올라갈 수 있으니까."

"……."

"이대로 고착되면 결국 아래쪽에서 올라온 조아생 뮈라나 사나다 유키무라의 도전을 받게 될 겁니다. 다른 사람은 몰라도 조아생 뮈라는 부담스럽지요? 저를 핑계로 조아생 뮈라와 관계를 맺은 것도, 실은 조아생 뮈라의 동태를 살피기 위해서일 거라고 생각합니다."

오자서는 놀란 얼굴로 이신을 뚫어져라 쳐다보더니, 이윽고 입을 열었다.

"자네는 살아생전에, 아니지 아직 살아 있다고 했지. 이승에서 자네는 뭐 하는 사람인가?"

"그게 중요합니까?"

"군인이라기에는 절도와 기세가 없고, 위정자(爲政者)라고 하기에는 말주변이 없고, 상인이라고 하기에는 고집이 지나친데, 이상하게 전략에 밝고 심리를 잘 꿰뚫어 보는군."

"한때는 군인이었습니다."

아예 틀린 말은 아니었다.

"자네 같은 군인이 있다니 특이하군. 계약자로 선택받고 서열전에서 연전연승을 거두는 걸 보면 확실히 재능이 뛰어나다는 뜻인데……. 하긴, 수천 년이 지난 뒤의 세상이 어떻게 변했는지 내가 알 길이 없군."

오자서는 고개를 설레설레 내저으며 말을 이었다.

"내가 졌네. 자네가 맞췄어."

"알고 있습니다."

마계 서열전은 스페이스 크래프트와 닮은 구석이 많았다.

특히나 서열전의 마물은 스페이스 크래프트의 괴물과 많이 닮았기 때문에 이신은 마물 대 마물의 싸움이 대게 어떤 양상으로 흘러갈지 짐작하기 쉬웠다.

“내 책략이 그리도 수준이 낮던가? 그렇게 단번에 맞추니 나 스스로도 의심이 들 정도군.”

“썩 훌륭한 책략입니다.”

e스포츠의 역사와 함께 수많은 경험이 쌓이고 모두에게 공유되어서 탄생하고 개량된 전략이 아니었다.

순전히 오자서가 혼자 핵심을 짚어내고 고안해 낸 책략이니 대단하다고 할 만했다.

“내가 선물을 줄 차례로군.”

“예.”

“이존욱이라는 계약자가 탄생했을 때, 내가 가장 먼저 한 것은 지옥에 있는 이들 중에서 이존욱과 가까웠던 자를 찾는 일이었지. 모의전으로 휴먼를 택해서 수없이 사람들을 소환하며 수소문했지.”

그 말에 이신은 나직이 감탄을 했다. 저런 식으로 정보전을 펼칠 수도 있구나 하는 걸 깨달았다.

“이존욱도 초기에는 휴먼을 택하고서 자기가 알던 수하들을 데려오려 하더군. 결국은 휴먼에 대해 실망해서 마물로 전향했지만, 아마 지옥에서 고통받던 자기 아비도 사도로 삼아서 끄집어냈을 게야. 그 아비라는 자도 보통 인물이 아니었으니 조심해야지.”

"종족이 마물인데 인간 사도가 전장에 출현할 수 있을 리가 없죠."

"하지만 서열전 전에 전략을 구상할 때 참모로서 도울 수는 있지. 혹은 모의전 상대가 되어 주거나."

'내가 질 드 레를 활용하듯이 말이군.'

이신은 고개를 끄덕였다.

오자서의 말이 이어졌다.

"서론이 길었군. 아무튼 정말로 운이 좋게도 이존욱을 잘 아는 인물을 건질 수 있었지. 그의 아비 이극용의 최측근 장수였다는군."

"이존욱 아버지의 최측근?"

"공격해서 이기지 못한 적이 없고, 적수가 없어 비호장군이라 불렸다더군. 물론 마물 종족을 하는 나에게는 쓸모없는 용맹이지만, 휴먼인 자네에게는 얘기가 다르겠지?"

이신이 눈을 빛냈다.

적수가 없을 정도로 용맹이 엄청난 무장이었다면, 이신에게는 크게 유용하게 쓰인다.

"당대 최고의 용맹을 뽐내던 무장이었다고 동시대의 이들이 입을 모아 말하더군. 게다가 이존욱에 대해서도 아는 바가 많으니 더없이 유용할 거네. 어떤가? 이만하면 선물로서 약소한가?"

"충분합니다."

이신은 그 무장을 꼭 얻고 싶었지만, 내색하지 않고 대답했다.

하지만 오자서는 이미 이신이 매우 탐내고 있다는 것을 눈치채고 있었다.

"난 순전히 이존욱에게 가지 못하게 하기 위해 그자를 사도로 삼아 붙잡아 두고 있었지. 불필요하게 300마력을 낭비했어."

"제가 300마력을 드리겠습니다."

마력을 서로 주고받는 것은 누구나 가능하다고 들었다.

심지어 사도도 서로 거래할 수 있는 모양이니 말 다한 셈이다.

"허허, 나에게는 300마력만 한 가치가 안 되지만, 자네 손에 들어가면 그 수배가 넘는 가치를 하겠지. 따지고 보면 자네도 앞으로 언제 전장에서 마주칠지 모르는 적 아니냐."

"선물을 주신다고 했습니다."

"죽어서 마계에 와보니, 명예란 게 그리 중요한 게 아니더군. 살다 보면 한 입으로 두말을 할 수도 있는 법이지. 살아생전에는 왜 그렇게 아득바득 기를 쓰고 자존심을 세웠나 모르겠군."

오자서가 딴청을 피우자 이신은 눈을 날카롭게 떴다.

"원하는 게 뭡니까?"

"별거 아니다. 72악마군주와 그 계약자들이 다툼을 벌이고 있는 이곳의 양상은 내가 살던 시대보다 더 치열하면 치열했지

결코 여유를 부릴 수 있는 곳이 아닐세."

"물론입니다."

"게다가 카사노바인가 하는 건달 같은 녀석과 자네 악마군주 그레모리의 전 계약자였던 마키아벨리라는 서역 친구를 제외하면 72인의 계약자 중 만만한 인물이 하나도 없지."

이신은 고개를 끄덕였다.

사실 눈앞에 있는 오자서만 해도 왜 이런 하위 서열에 있나 싶을 정도로 살아생전에 대단한 활약을 했던 인물이었다.

이신에게 대패한 흑태자 에드워드도 생전에는 유럽을 호령했던 어마어마한 거물 아닌가.

"그렇다면 서로 협력을 하여 해쳐 나가는 것도 나쁜 일은 아니지 않은가?"

그제야 이신은 오자서의 의도를 알 수 있었다.

아무래도 오자서의 책략을 곧장 알아맞힌 것이 컸다.

그 때문에 오자서는 이신을 대적해서 좋을 게 없는 강자로 인식한 것이다.

"좋습니다."

이신도 쾌히 그 제안을 받아들였다.

서열전의 시스템은 자신의 전공 분야나 마찬가지라 상대가 누구라도 자신이 있었지만, 오자서의 식견과 통찰력은 쓸모가 있다고 여겼다.

"좋네, 그럼 선물을 주지. 그런데 이 선물을 주려면 전장으로 가야 하는데, 자네의 악마군주의 도움이 필요하군."

"알겠습니다."

두 사람은 긴 대화를 마치고 자리에서 일어섰다.

그레모리에게 청하니, 그녀는 쾌히 두 사람을 제1 전장 아스테이아로 보내주었다.

[악마군주 그레모리 님의 계약자 이신 님께서 제1 전장 아스테이아에 도착하셨습니다.]

[악마군주 안드로말리우스 님의 계약자 오운 님께서 제1 전장 아스테이아에 도착하셨습니다.]

오자서는 도착하자마자 소리쳤다.

"사도 이존효(李存孝)를 이신에게 넘긴다."

그러자 잠시 후,

[악마군주 안드로말리우스 님의 계약자 오운 님께서 사도 이존효에 대한 권리를 양도하셨습니다.]

[이존효를 사도로 받아들이시겠습니까? 받아들이는 데는 마력이 소모되지 않으며, 거절 시 권리는 다시 계약자 오운 님께로 되돌아갑니다.]

이신의 머릿속에 떠오른 메시지.

"받아들인다."

이신은 당연히 승낙했다. 마력이 들지도 않는데 거절할 이유가 없었다.

[이존효를 사도로 임명하셨습니다. '사도 명단'이라고 말씀하시면 자세한 내용을 확인하실 수 있습니다.]

"사도 명단."

크리스토퍼 콜럼버스(휴먼, 노예)

무기 : 없음

방어구 : 가죽 부츠(이동 속도 +5%)

능력 : 없음

질 드 레(휴먼, 기사)

무기 : 롱 소드(공격 속도 +5%)

방어구 : 칠흑갑주(방어력 +5%, 이동 속도 +2%)

능력 : 없음

이존효(휴먼, 창병)

무기 : 없음

방어구 : 없음

능력 : 없음

"내 마력량을 보여줘."

[계약자 이신 님은 현재 797마력을 보유하고 계십니다.]

이신은 오자서에게 말했다.

"약속대로 300마력을 드리겠습니다."

오자서는 껄껄 웃었다.

"필요 없네. 그건 자네를 한편으로 꼬드기려고 해본 말이지, 설마 정말로 이 자서를 명예도 모르는 자로 만들 셈인가?"

"선물 감사합니다."

받지 않겠다니 마력도 굳게 되고 마다할 필요가 없는 이신이었다.

"그럼 난 이만 가보겠네. 자네와 한 번 모의전을 해보고 싶긴 하지만, 당장은 그보다 더 중요한 일이 있으니까. 자네도 아직 정리할 게 남은 듯하고."

"예."

"다음에 또 보세."

그렇게 오자서는 먼저 전장을 떠났다.

홀로 남게 되자, 이신은 일단 가진 797마력으로 새로운 사도 이존효에게 무기와 방어구를 주기로 했다.

아직 실력도 검증해 보지 않았지만, 오자서가 보증했으니 믿을 만하다고 여겼다.

마물을 다루는 오자서가 이존욱에게 넘어가게 놔둘 수 없어서 필요 없음에도 300마력을 들여 사도로 데리고 있었을 정도의 인물이었다.

'이존효에게 무기를 부여한다.'

[무기가 임의로 부여되며 300마력이 소모됩니다. 부여하시겠

습니까?]

'부여한다.'

그러자 사도 명단 메시지에 변화가 생겼다.

이존효(휴먼, 창병)

무기 : 혼천절(공격력 +7%)

방어구 : 없음

능력 : 없음

이신은 깜짝 놀랐다.

공격력이 7%나 상승하다니. 5% 정도의 상승을 예상했던 이신으로서는 깜짝 놀랄 만한 일이었다.

게다가 무기 이름도 독특했다.

혼천절(混天截).

들어본 적 없었던 무기류이니만큼 묘한 기대감을 갖게 했다.

방천화극 하면 여포가 떠오르고, 청룡언월도 하면 관우가 떠오르듯이, 이 혼천절을 가진 이존효가 그 정도 수준으로 대단하지 않을까 하는 기대였다.

물론 근거는 없는 기대감이었다.

하지만 질 드 레에게 무기를 부여하니, 질 드 레가 생전에 즐겨 쓰던 종류의 롱 소드가 부여되었었다. 듣자하니 부여했던 방어구 칠흑갑주도 생전에 입던 갑주와 착용감이 동일하다고 했다.

'이왕 이렇게 된 것, 방어구도 부여해 버리자.'

키보드와 마우스로 조종할 수 없기 때문에 자신의 큰 장점 중 하나인 컨트롤이 발휘되지 못한다.

소수 유닛이 동원되는 견제 플레이에서 중요한 것은 컨트롤.

컨트롤이 불가능하니 이신의 불꽃같은 견제 플레이도 서열전에서는 발휘되지 못하는 감이 없지 않았다.

그런데 그 컨트롤을 대신해 주는 것이 바로 질 드 레, 이존효 같은 사도들의 무력이었다.

그래서 흑태자 에드워드와 겨룰 때도 우선 무기와 방어구를 질 드 레에게 부여해 준 것이었다.

'1000마력을 모아서 능력이라는 것을 한 번 부여해 보고 싶지만, 일단은 할 수 있는 것부터 하자.'

이신은 결정을 내렸다.

'이존효에게 방어구를 부여한다.'

[방어구가 임의로 부여되며 300마력이 소모됩니다. 부여하시겠습니까?]

'부여한다.'

이존효(휴먼, 창병)

무기 : 혼천절(공격력 +7%)

방어구 : 용린갑(방어력 +5%)

능력 : 없음

이번에는 평범한 능력치의 방어구라 실망감이 들었다.

하지만 뭔가 알 것도 같았다.

질 드 레의 경우 무기는 +5%였지만 방어구는 +5% 외에도 이동 속도가 +2%였다. 반면 이존효는 거꾸로 방어구의 성능이 평범한 +5%. 대신 무기는 무려 +7%였다.

'이존효의 역할은 창병이다.'

창병은 명백히 공격에 특화된 병과다. 반면 기사는 돌격 기술로 인해 공격에 특화된 면이 있지만, 기본적으로는 단단한 무장으로 방어력에 더 특화된 병과.

바로 그러한 차이가 아이템의 성능에서 나타나는 듯했다.

'좋은 걸 알았군. 앞으로는 이런 점을 감안해서 우선순위를 둬야겠어.'

방패병에게는 방어구를 우선, 궁병에게는 무기를 우선 부여해 주는 식이었다.

아무튼 무기와 방어구를 전부 부여했으니, 이제 슬슬 이존효의 실력을 보고 싶었다.

"질 드 레."

"부르셨습니까, 계약자님."

질 드 레가 소환되어 나타났다.

계약자 출신의 사도인 질 드 레는 이신의 최측근이었다.

“악마군주 세에레의 계약자 이존욱을 아나?”

“이름은 들어본 것 같은데 사실 잘 모르겠습니다. 상위 서열에서는 어지간히 상승세인 인물이 아니면 하위 서열의 계약자들에게 별반 관심을 갖지 않습니다.”

그야 그럴 것이다.

상당한 상위권에서 활동했던 질 드 레로서는 66위에 불과한 이존욱을 알 리 없었다.

“다음 상대는 그 이존욱이다. 마침 종족이 마물이니 네가 모의전 상대를 해줘야겠다.”

“알겠습니다.”

그렇게 모의전이 시작되었다.

질 드 레는 마물의 강점과 휴먼의 약점을 잘 알고 있었다.

[적이 나타났습니다!]

시작부터 본진 출입구 부근에 나타난 헬하운드 4마리.

이신은 출입구에 병영을 건설해 폭을 좁혀놓고, 궁병 2명과 노예 2명을 세워놓아 방어를 갖추고 있었다.

하지만 질 드 레가 콜럼버스를 사살해 정찰을 차단하자, 이신은 불안감을 느꼈다.

‘출입구를 막는 수밖에 없군.’

결국 이신은 화살탑을 건설해 출입구를 완전히 봉쇄해 버렸다.

눈앞에 보이는 건 고작 헬하운드 4마리. 하지만 질 드 레가 헬하운드를 더 소환해서 작정하고 돌파를 시도할 수도 있었다.

그래서 중요한 게 정찰이었다.

그런데 콜럼버스가 질 드 레의 집요한 정찰 차단에 막혀 사살되었으니, 이신은 상대가 무엇을 할지 알 수 없게 되어 버린 것이다.

본진 출입구를 건물로 완전히 밀봉시킨다는 건 사실 엄청난 페널티였다.

바깥으로 나가려면 스스로 건물을 부숴 길을 열거나, 열기구를 사용하는 수밖에 없어진다.

'많이 늘었군.'

정찰을 차단시키고서는 위협 모션을 취해 출입구를 막도록 강요하는 플레이. 단지 위협일 뿐이라는 걸 알면서도 이신은 출입구를 봉쇄할 수밖에 없었다.

이신의 모의전 상대를 계속하다 보니, 질 드 레도 실력이 쑥쑥 성장한 것.

이신이 연습을 할 때 어떤 관점에서 무엇을 중시 여기며 어떻게 상대를 이기려 하는지를 배웠으니 실력이 느는 것이 당연했다.

현실 세계에서의 제자가 주디라면 마계에서의 제자는 질 드 레라고 봐도 좋을 정도.

지금이라면 다시 계약자가 된다 해도 좋은 활약을 펼칠 수 있을 것이다.

하지만 이신은 자신의 사도가 된 질 드 레를 다른 악마군주에게 넘겨줄 생각이 전혀 없었다.

이신은 질 드 레를 일선에서 전투를 지휘하는 현장지휘관 같은 역할을 맡길 생각이었다.

생각으로 일일이 명령을 내려가며 전투를 지휘하는 것은 키보드·마우스 컨트롤보다 백배는 더 힘들었던 탓에 전투에 능한 부하가 필요했던 것이다.

어쨌거나, 이신도 질 드 레의 전략에 맞서 빌드 오더를 새롭게 수립해야 했다.

'사나다 마사유키와 싸웠을 때처럼 해야겠다.'

출입구를 건물 배치로 봉쇄시켰으니 방어는 이만하면 충분했다.

질 드 레도 이걸 뚫고 들어와 승부를 볼 생각까지는 없을 터였다. 유리한 상황에서 굳이 그런 위험을 감수한 승부수를 띄울 필요는 없을 테니까.

이신은 더 이상 방어에 투자하지 않고 테크 트리를 올리는 데 주력했다.

[그리핀이 소환되었습니다.]

이른 시간에 소환된 그리핀.

아직 대장간에서 무기 개발도 완료되지 않은 상황에서, 너무

빠른 타이밍에 나타난 그리핀이었다.

하지만 이신은 궁병 2명을 그리핀에 태워서 질 드 레의 진영을 향해 날려 보냈다.

'일단 공격을 하지 말고 진영을 쭉 둘러보기만 해라.'

그리핀을 빨리 소환한 이유는 바로 못한 정찰을 하기 위해서였다.

그만큼 정찰은 중요했다.

그리핀은 궁병 2명을 태운 채로 질 드 레의 진영으로 빠르게 비행했다.

그리고…….

'……!'

이신은 꽤나 놀라고 말았다.

질 드 레의 진영에 헬하운드들이 득시글거렸다!

마력석 채집장을 더 가져가 본진에 갇힌 이신보다 훨씬 많은 마력을 채취해 헬하운드에 쏟아 부은 것이었다.

'이런! 철수해, 빨리!'

이신은 즉시 명령했다.

그리핀의 존재를 보여주면 안 된다.

그간 실력이 성장한 질 드 레라면 그리핀을 보자마자 이신이 테크 트리를 올리는 데 몰두해 병력이 얼마 없다는 걸 알아차린다.

명령대로 그리핀은 달아나 버렸지만…….

"으르릉!"

"크르르릉!"

헬하운드들이 일제히 출발했다.

질 드 레는 그리핀의 존재를 놓치지 않고 포착한 것이다.

이신은 급히 병영을 늘려 짓고 병력을 소환했다.

그리고 궁병 2명을 태운 그리핀으로 질 드 레의 진영을 휘저으며 견제를 했다.

하지만 무기 개발이 안 된 궁병의 조잡한 활은 큰 위력이 없었다.

마력석을 채집하는 클로를 간간히 잡아주긴 했지만, 워낙 위력이 약해 속도가 더뎠다.

질 드 레는 헬하운드만 소환하느라 대공 수단이 없어 일방적으로 견제에 당했지만, 전혀 당황한 눈치가 아니었다.

'그리핀을 보자마자 마룡을 소환하기 시작했겠지.'

무기 개발이 완료되면 궁병이 석궁병으로 업그레이드된다.

하지만 비슷한 타이밍에 질 드 레도 마룡이 소환된다.

그때까지 클로 몇 마리쯤은 내줘도 별 피해가 아니라는 계산이었다.

정말로 많이 성장한 질 드 레의 실력이었다.

"크르릉!"

"으르릉!"

이신의 진영 앞까지 당도한 헬하운드들이 입구를 막고 있는 화살탑을 때리기 시작했다.

화살탑과 건물 바리케이드 뒤에서 궁병들이 화살을 쏴댔지만, 헬하운드의 숫자가 너무 많았다.

"부, 부서진다!"

화살탑 안에 들어가 있던 궁병 4명이 겁에 질렸다.

우르르!

끝내 화살탑이 무너져 버렸다.

무너져 내린 화살탑과 함께 추락한 궁병들은 헬하운드들에게 물어 뜯겼다.

궁병들이 뚫린 입구를 막으려고 안간 힘을 썼지만, 피해는 계속 늘었다.

그런데 그때, 마침 병영에서 창병 2명과 방패병 2명이 소환되었다. 그리고 창병 2명 중 하나는 유독 독특한 모습을 띠고 있었다.

붉은빛으로 근사하게 빛나는 갑옷과 3미터쯤 되는 기다랗고 특이하게 생긴 창을 든 창병.

체격이 장대한 동양인이었는데, 그가 바로 오자서가 준 새로운 선물이었다.

[창병이 소환 완료되었습니다.]

[계약자 이신 님의 사도 이존효가 소환 완료되었습니다.]

이존효는 소환되자마자 뚫리기 직전의 출입구를 향해 달려들었다.

그리고 들고 있던 혼천절로 헬하운드의 머리통을 힘차게 찔러 버렸다.

퍼어억!

벌린 헬하운드의 아가리 안으로 쑥 들어가 버린 혼천절! 그대로 몸속이 꿰뚫려 절명해 버린 헬하운드였다.

혼천절은 네 갈래로 난 창날에 반달 모양의 칼날이 부착되어 있고, 추가 쇠사슬로 연결되어 있는 특이한 무기였다.

찌르고 베고 때리고를 모두 할 수 있도록 만들어진 병기였는데, 이존효는 그 혼천절을 능수능란하게 다뤘다.

'저 정도면 조아생 뭐라와 붙어도 되겠는데?'

이신은 귀신 같이 잘 싸우는 이존효의 활약에 깜짝 놀랐다.

마치 프로게이머가 슈퍼 컨트롤로 위기를 극복한 것처럼, 이신은 이존효의 빛나는 무위로 위기를 모면했다.

방패병들이 붙어서 구멍을 매우고 뒤에서 이존효와 다른 창병이 반격했다. 비로소 혼란을 수습한 궁병들도 열심히 화살을 쐈다.

게다가,

[대장간에서 무기 개발이 완료되었습니다.]

그 메시지와 함께 궁병은 석궁병으로, 창병은 장창병으로, 방패병은 가지고 있던 방패가 더욱 커졌다.

결국 질 드 레는 헬하운드를 전부 쏟아 부었음에도 출입구를 뚫지 못했다.

물론 방어하느라 이신의 피해도 만만치 않았지만, 어쨌거나 위기를 넘겼다는 게 중요했다.

'이제 마룡으로 주력을 바꾸겠군.'

그 틈에 이신도 본진에서 나와 앞마당에 마력석 채집장을 가져갔다.

숨 막히던 폭풍이 지나가고 조금 여유가 되자 이신은 이존효에게 말을 건넸다.

"네가 이존효냐?"

"예, 계약자님! 앞으로 잘 부탁드립니다!"

이존효는 공손하게 머리를 숙였다.

"이존욱을 알고 있나?"

"이존욱이요? 다음 상대가 이존욱입니까?"

이존효는 놀라서 물었다.

"그렇다."

"이존욱은 제 양부 되시는 분의 친아들입니다."

"양부? 그럼 이존욱과 형제라는 뜻이군."

"예. 하지만 원래 양부께선 인재라고 생각되는 인물을 보면 족족이 양아들로 삼았기 때문에, 사실상 저는 부하 장수였고 친아들인 이존욱은 후계자였지요."

이극용은 당나라 말기의 돌궐족 출신 군벌인데, 황소의 난을 진압하는 데 큰 공을 세워 절도사가 되었다. 그리고 그의 아들이 바로 악마군주 세에레의 계약자 이존욱.

이존욱은 당나라 멸망 후 전란에 휩싸인 혼란기의 중국 대륙을 모두 평정하고 후당(後唐)의 황제가 된 입지전적인 사나이였다.

"사실 그것도 나중에 지옥에서 들은 이야기지, 제가 죽을 당시 이존욱은 10살도 채 안 된 어린아이였기에 잘 모르겠습니다."

알고 보니 이존효는 아무리 열심히 싸워 공을 세워도 인정받지 못하니, 앙심을 품고 반란을 일으켰다가 실패 후 처형당했다고 한다.

그런 인물이 지금은 이신의 수중에 들어와 이존욱·이극용 부자와 싸우게 되었으니 아이러니한 일이었다.

"그 이극용이라는 자도 지금 이존욱의 사도가 되었다고 하더군."

"예, 들었습니다."

"싸울 자신 있나?"

"양부님께도 이존욱에게도 달리 남아 있는 앙심은 없지만, 지금은 계약자님의 사도가 되었으니 제 소임을 다하겠습니다."

대화를 마치고 나니, 이미 이신은 이존효를 제외한 전 병력을 공격 보낸 뒤였다.

이신은 그리핀 한 마리를 불러 이존효 앞에 대기시켜 놓았다.

"그걸 타고 가라. 실력을 더 보고 싶군."

"예!"

그리핀은 이존효를 태운 채 날아올랐다.

한 손은 고삐를, 다른 손은 혼천절을 쥔 채 그리핀을 타고 날아오르는 이존효의 모습은 전설에서나 나올 법한 장면처럼 보였다.

'가만?'

그리핀을 가만히 바라보던 이신의 뇌리로 문득 어떤 생각이 스쳤다.

'한 번 해볼까?'

이신은 이존욱과의 서열전에서 어떤 전략을 쓸지를 떠올릴 수 있었다.

결국 모의전은 노련한 후반 운영을 한 이신의 승리로 끝났다.

"제가 졌습니다. 역시 못 당하겠습니다."

질 드 레가 패배를 순순히 인정했다.

"실력이 많이 늘었더군. 이존효가 아니었으면 내가 질 수도 있었다."

질 드 레는 함께 있는 새로운 동료 사도, 이존효를 응시했다.

"저도 놀랐습니다. 저 정도면 조아생 뮈라와 일대일로 싸워도 해볼 만할 겁니다. 물론 말이 없으니 이길 수 없겠습니다만."

직접 조아생 뮈라와 검을 들고 싸워보기도 했던 질 드 레의 평이었다.

아쉽게도 이존효의 병과는 기사가 아닌 창병에 불과했다.

"아니, 창병이면 돼."

이신이 말했다.

"오히려 창병이라서 더 좋지."

"그렇습니까?"

질 드 레는 말뜻을 캐묻지 않고 대수롭지 않게 넘겼다.

이신이 어떤 전략을 쓸지 결정했음을 알아차렸기 때문이었다.

사도가 되어서 최측근으로 지내니 이신에 대해 잘 알게 된 질 드 레였다.

"한 번 더 하지. 새로 떠올린 전략을 시도해 봐야겠어."

"알겠습니다."

그렇게 다시 모의전이 시작되었다.

이신은 수없이 모의전을 반복하며 전략을 수립해 나갔다.

시행착오를 거치며 빈틈을 보완하고, 골격에 살을 붙여가며 전략의 완성도를 높여 나갔다.

제3장

타이밍

"못 해먹겠군."

모의전을 마친 뒤, 이극용이 투덜거렸다.

"어떠셨습니까, 아버님?"

이존욱이 물었다.

계약자와 사도의 관계였지만, 이존욱은 여전히 아들로서 그를 아버지로 공경하고 있었다.

이존욱의 연습을 위해 휴먼을 택해 모의전을 펼쳤는데, 아무리 노력해도 이길 수가 없었다.

"대체 왜 휴먼을 택한 건지 모르겠다."

이극용은 고개를 절레절레 내저었다.

"너무 약해. 시간만 충분히 주어지면 강한 군대를 꾸릴 수 있게 되겠지만, 어떤 상대가 그렇게 시간을 주겠느냐."

"제 생각도 그렇습니다."

이존욱이 고개를 끄덕였다.

아버지의 휴먼을 상대로 모의전을 해본 결과, 너무나 쉬웠다.

물론 이극용이 휴먼의 지휘에 익숙하지 않은 점도 있었지만, 그렇다고 해도 이기기가 너무 쉬웠다.

"동태를 지켜보다가 일찍 끝내 버리든 방어 태세로 만들어 놓고 이쪽은 마력 확보에 주력하든, 상황에 따라 둘 중 하나를 고르면 휴먼을 이기지 못할 이유가 없습니다."

"그런데 아무도 못 이겼다는 것이다. 그게 문제야."

이극용의 말에 이존욱은 골치가 아파왔다.

악마군주 그레모리의 새로운 계약자 이신.

그는 밑바닥까지 추락했던 그레모리의 서열을 무서운 기세로 끌어올리고 있었다.

'계약자도 없는 상급 악마 나부랭이나 카사노바라는 건달 놈은 그렇다 치더라도, 조아생 뮈라에 사나다 마사유키에 우드스톡의 에드워드에… 만만찮은 이들을 격파했다.'

최하위권이라고는 하지만 전 인류 중에서 72명을 뽑은 것이 지금의 계약자들이라고 생각한다면 만만한 인물이 없다고 봐야 한다.

하물며 실력이 좋지 않은 계약자는 쫓겨나고, 실력이 좋은 계약자는 계속 남는다.

그런 적자생존이 지금까지도 계속 작용되고 있었다. 실력 있는 계약자의 서열은 나날이 올라간다.

하지만 휴먼 종족을 주로 택하는 계약자가 이렇게 상승세를 탄 경우는 처음이었다.

"잘은 모르겠지만 아마 계략에 능한 것 같습니다. 상대를 함정에 빠뜨려 큰 피해를 입힌 뒤에 우위를 차지하는 방식으로 이겨오지 않는 이상, 휴먼으로 연전연승을 거둔다는 건 불가능하지요."

"내 생각도 그렇다. 그놈에게 휘둘리지만 않고 해야 할 일만 한다면 문제없으리라 본다."

"네, 아버님."

"네가 계약자로서의 신분을 계속 유지해야 나도 사도로 남을 수 있다. 꼭 이기도록 해라."

"염려 놓으십시오. 저도 지옥으로 돌아가고 싶은 생각은 없습니다."

이존욱의 두 눈에 시퍼런 불길이 일렁거렸다. 그가 몸속에 지닌 마력이 투지에 반응하여 표출된 현상이었다.

표현 그대로 악마 같은 모습으로 이존욱은 이신과의 일전을 기다렸다.

그렇게 모의전을 몇 차례나 더 치르며 준비하고 있자니, 마침내 때가 왔다.

화라락!

두 사람이 있던 전장에 요란한 날갯소리가 천둥처럼 울려 퍼지면서, 거대한 그리핀을 탄 미남자가 나타났다.

그는 바로 악마군주 세에레였다.

"이존욱 공, 준비는 다 되셨습니까? 마침내 기다리던 손님이 왔습니다."

악마군주 세에레가 공손하게 물었다.

달리 선량한 세에레라는 별명이 있을 정도로 그는 예의 바르고 점잖은 악마군주였다.

이존욱을 계약자로 임명할 때도 그랬다.

악마군주 세에레는 지옥에서 고통받고 있던 이존욱을 모시다시피 정중하게 궁전으로 데려와 좋은 의복과 맛있는 식사를 주었다.

그리고 유비가 제갈량을 삼고초려 하듯이 매우 극진한 태도로 계약자가 되어 달라고 청했다.

그의 눈에는 악마가 아니라 자신을 구원해준 선인(仙人)으로 보였다.

감격한 이존욱은 당연히 청을 수락했고, 그렇게 계약자가 되어서 지금껏 열심히 활약을 했다.

'그때는 몰랐다.'

이존욱은 웃는 낯으로 자신을 바라보는 세에레를 보며 과거를 회상했다.

'그가 얼마나 무서운 존재인지를…….'

세에레는 지금까지도 한 번도 그를 질책하거나 지면 지옥에 돌려보내겠다고 윽박지른 적이 없었다.

하지만 어느 순간부터, 시간이 흐르면서 이존욱은 악마군주의 실체를 알게 되었다. 마치 아이가 말을 배우듯이 자연스럽게 말이다.

인간으로서 악마를 이겼다는 것은 특별한 의미를 가진다.

악마에게서 승리한 인간은 소원을 요구할 수 있다.

그것은 서열전이라 할지라도 마찬가지며, 다만 한 악마에게 하나씩 소원을 빌 수 있다.

그 율법에 따라, 이존욱은 이길 때마다 마력을 얻었다.

악마가 되고 싶었기 때문이다. 높은 신분의 악마가 되어서 더 이상 지옥에 떨어지는 것을 걱정할 필요가 없게 되고 싶었다.

그렇게 지닌 마력이 쌓이고 쌓일수록, 자신의 악마군주 세에레에게서 전과 다른 느낌이 들었다.

세에레의 태도는 언제나처럼 똑같았지만, 이존욱이 보다 많은 마력을 가질수록 실체가 보였다. 아는 게 많을수록 세상사를 더 잘 알 수 있듯이 말이다.

더없이 흉포한 존재감!

친절하게 웃고 부드럽게 말하는 외견의 이면에, 폭력적으로 꿈틀거리는 막대한 마력의 기운이 느껴졌다.

그리고 깨달았다.

존재 자체로 공포인 자는 굳이 남을 두렵게 만들 필요가 없다는 것을.

세에레는 언제든 이존욱을 지옥에 던져 버릴 수도, 그보다 훨씬 더 무서운 짓을 할 수도 있었다.

차라리 몰랐으면 좋으련만, 그의 실체를 볼 수 있게 된 지금은 위기의식을 느끼지 않을 수 없었다.

"준비됐습니다, 군주님."

이존욱이 공손히 답했다.

살아생전에는 그가 남에게 자주 들었던 말이었다.

"그럼 가지요. 악마군주 그레모리와 계약자 이신 공이 기다리고 있습니다."

"예."

이존욱은 고개를 숙였고, 세에레는 그의 머리 위에 손을 얹었다.

사도인 이극용은 소환 해제되어 사라진 지 오래였다.

"이존욱 공."

문득 세에레나 낮은 음성으로 그를 불렀다. 이존욱은 심장이 덜컹 내려앉는 기분이 들었다.

"예, 군주님."

"저를 좀 더 높은 곳으로 이끌어주십시오. 그리하면 이존욱

공은 원하는 바를 얻으실 수 있을 겁니다."

"…예!"

이존욱이 원하는 것은 세에레의 계약자가 아닌, 세에레의 가신(家臣)이 되는 것.

계약으로 묶여 있어 언제든 계약과 함께 파기될 수 있는 관계가 아닌, 세에레를 섬기며 그의 군단에 속한 진정한 의미의 악마가 되는 것이었다.

*　　　*　　　*

"마음 단단히 먹으세요."

세에레의 궁전.

그레모리가 나직이 당부했다.

이신은 두려움이 일었다.

이번엔 또 얼마나 무시무시한 악마이기에 경고를 할까?

악마군주를 직접 대면해야 한다는 것은, 배짱이 좋은 이신조차도 부담스럽게 했다.

"그는 한없이 겸손하고 극진하고 친절한 존재로 보일 거예요. 하지만 절대로 그에 대하여 좋은 인상을 품어서는 안 돼요. 그건 절대로 그의 실체가 아니니까요."

"알겠습니다."

남에게 좋은 인상을 품지 말라니, 그리 어려운 일이 아니었다.

마침내 악마군주 세에레와 이존욱이 나타났다.

거대한 그리핀을 탄 채로 위풍당당하게 나타난 세에레.

그는 뒤에 탄 이존욱이 쉽게 내릴 수 있도록 그리핀으로 하여금 날개를 펼쳐 내리막길처럼 만들게 했다.

이존욱은 날개를 디디며 내려왔다.

뒤따라 내린 세에레는 그레모리와 이신을 번갈아보며 웃었다.

"오랜만에 뵙습니다, 악마군주 그레모리여. 그리고 반갑습니다, 이신 공."

'공?'

왜 그런 칭호를 붙이는지 이신은 몰라 고개를 갸웃거렸다.

하지만 그레모리가 어째서 그런 경고를 했는지는 알 것 같았다.

더없이 아름다운 외모와 우람한 그리핀 때문에 더욱 돋보이는 고귀한 모습의 세에레가 이토록 공손하니, 그 매너 있는 모습에 나직이 감동할 수밖에 없었던 것이다.

자신이 남자가 아니었더라면 단숨에 깊은 사랑에 빠졌을지도 몰랐다. 그렇게 생각하니 섬뜩하기 이를 데가 없었다. 첫 모습조차도 이토록 마음의 틈새를 파고들어 버리는 악마군주였다.

그레모리가 손을 잡아주고서야 이신은 흔들리는 마음을 다

잡을 수 있었다.

"오랜만이구나, 악마군주 세에레."

"악마군주 그레모리여, 소식은 들었습니다. 잠시 찾아온 시련을 딛고 이렇게 제게 도전할 자격을 갖추실 정도로 성세를 회복하셨으니, 감탄스럽고 기쁩니다."

"쓸데없는 미사여구로 대화를 길게 끌지 말고 본론에 들어가자꾸나. 너에게 도전하겠다."

"예, 마신께서 선포하신 율법에 따라, 그 도전을 받겠습니다."

겉보기에 존대를 하는 세에레와 하대를 하는 그레모리는 두 악마군주의 격차를 나타내는 것 같지만, 실은 그렇지 않았다.

악마군주들에게 그런 외형적인 모습은 아무런 의미가 없었다.

설령 무릎 꿇고 비굴한 태도를 취하더라도, 그것은 본심도 실체도 아니기에 악마들 사이에서는 의미가 없었다.

악마에게 중요한 것은 마력.

오직 그것만이 악마의 명예를 증명해 준다.

"전장은 제5 전장, 이블 홀로 하겠습니다."

제5 전장 이블 홀, 일전에 사나다 마사유키와도 겨룬 바 있었던 바로 그 전장이었다.

마물과 휴먼의 대결에서는 마물에게 지리적으로 많이 유리한 전장이었다.

세에레는 웃으며 덧붙였다.

"그리고 배팅할 마력은 1만으로 하겠습니다. 무서운 상승세를 타신 악마군주 그레모리와 이신 공을 상대로 많은 마력을 배팅할 용기가 나지 않는군요."

"알겠다."

"그럼 저희가 먼저 가서 기다리겠습니다."

세에레는 이존욱과 함께 사라졌다.

"제가 왜 경고했는지 조금은 깨달으셨나요?"

"예."

"제가 보호하지 않았다면 그는 카이저의 마음을 파고들었겠지요. 카이저는 자기도 모르게, 서열전에서 그를 꺾는 것을 미안하게 여기게 되었을 거예요."

"……."

"하지만 제가 있는 동안은 걱정 말아요."

"모든 악마가 다 저렇습니까?"

이신은 빤히 그레모리를 보며 물었다.

그레모리는 이신과 눈을 마주한 채로 잠시 눈빛을 교환하더니, 활짝 미소를 지었다.

"예외도 있어요. 악마는 그 자체로 천차만별이고 중요하게 여기는 가치도 제각각인걸요."

그 웃음은 어찌나 아름답던지, 이신은 또다시 심장이 뛰었다. 심장 박동 소리를 들킬까 봐 걱정될 정도로 말이다.

이신은 그녀에게서 시선을 뗐다.

나직이 심호흡을 하며 마음을 가라앉히려고 애를 썼다.
하지만 추스를 틈도 없이,
덥석.
오른손에서 그녀의 손의 온기가 느껴졌다.
"자, 우리도 가요."
"…예."
파앗!
두 사람 또한 제 5 전장 이블 홀로 텔레포트를 했다.

[악마군주 그레모리 님과 계약자 이신께서 제5 전장 이블 홀에 도착하셨습니다.]
전장에 들어서자 공기가 달라졌다.
이신과 이존욱은 서로를 응시했다. 두 사람 다 결전을 앞두고 긴장을 한 모습이었다.

[악마군주 그레모리 님과 악마군주 세에레 님의 서열전입니다. 전쟁의 승패가 서열과 마력에 영향을 줍니다. 마력은 2만이 배팅됩니다.]
[마력 2만이 마력석이 되어 전장에 유포됩니다.]
[종족을 선택해 주십시오.]

"휴먼."

"마물."

그렇게 대결이 시작되었다.

[서열전이 시작됩니다.]

지금껏 치른 수많은 서열전 중 하나일 뿐이었다.

[악마군주 그레모리 님의 계약자 이신 님과 악마군주 세에레 님의 계약자 이존욱 님께서 참전합니다.]

하지만 이 서열전의 결과로 자신에게 어떤 일이 벌어질지, 이신은 짐작조차 하지 못하였다.

*　　　*　　　*

앞마당과 뒷마당이 본진과 붙어 있는 지형이 특징인 제5 전장 이블 홀.

이 전장에서 휴먼과 마물은 유불리가 극명하게 갈린다.

휴먼으로서는 출입구가 두 개라 막아야 할 공간이 더 넓으므로 초반 방어가 더 어렵다.

반면, 마물은 휴먼에게 방어를 강요해 놓고서, 인접한 앞마당과 뒷마당에 마력석 채집장을 건설할 수 있다.

가뜩이나 건물을 짓는 데 드는 마력도 저렴한 마물이라, 아무런 타격도 입히지 못하고 가만 놔두면 걷잡을 수 없이 성장해 버린다.

'결국 놈은 본진 안에 있는 마력만 가지고 승부를 봐야 하는

상황이지.'

이존욱은 헬하운드 4마리를 소환해 이신의 진영으로 공격을 보내며 생각했다.

'그렇다면 나는 초반에 최대한 많은 마력을 먹겠다.'

클로를 잔뜩 소환해 마력석 채집에 투입하는 이존욱.

헬하운드 4마리로 위협을 가하니 출입구 두 개를 모두 봉쇄하는 이신이었다.

'예정대로군.'

앞마당에 마법진을 건설해 마력석 채집장을 구축하며 이존욱은 회심의 미소를 지었다.

그는 헬하운드를 4마리 이상 소환할 생각이 없었다.

오히려 클로를 더 소환해서 마력석 채집에 열을 올렸다.

엄청난 양의 마력이 결국은 엄청난 대군을 기를 수 있는 원동력이 된다는 것을 그는 많은 서열전 경험을 통해 알고 있었다.

앞마당에 건설하기 시작한 마법진이 활성화되었다.

클로들을 투입해 일을 시키자 앞마당의 마력석 채집장이 활성화되었다.

단숨에 모이는 마력량이 많아지기 시작했다.

이존욱은 여기서 더 욕심을 냈다.

뒷마당에도 마력석 채집장을 구축하기 시작한 것.

물론 그러면서도 헬하운드를 추가로 투입해 이신의 진영 인근을 철통같이 감시케 했다.

열기구든 그리핀이든 아니면 막아놓은 출입구를 열고 걸어 나오든, 상대가 언제 나오는지만 알면 무엇을 하건 언제든 대응할 수 있다는 생각이었다.

'그런데 녀석이 무엇을 하는지 궁금한데?'

잠자코 본진 안에 틀어박혀 있는 이신.

하지만 언제까지고 그렇게 웅크리고 있을 녀석이 아니었다. 이기려면 결국 나와야 하기 때문이었다.

마룡이라도 몇 마리 던져 넣어서 본진 내부 상황을 확인해 볼까 하고 생각을 하고 있을 때였다.

[적의 공격을 받았습니다!]

쉭— 콰직!

"깨앵!"

쉬쉭— 콰지직!

"캐애앵!"

하늘에서 쏘아진 두 발의 볼트에 이신의 진영 앞을 기웃거리던 헬하운드 2마리가 사살되었다.

하늘을 보니 그리핀이 석궁병 2명을 등에 태우고 있었다.

'역시, 그리핀이었군.'

그리핀에, 무기 개발이 완료되어서 궁병이 석궁병으로 진화된 모습.

아버지 이극용과 수없이 반복한 모의전 경험을 통해 추측컨

대, 아마 이 시간이면 그리핀의 숫자는 3기 정도일 터였다.

상대가 무엇을 하려 드는지 알게 되자 다소 안심이 들었다.

'그리핀은 결국 석궁병을 등에 태우고 다녀야 쓸 만한 전투력이 만들어지지.'

그렇다면 무기 개발의 효과를 십분 활용하기 위해 석궁병, 창병, 방패병도 같이 쓸 것이다.

그리핀 부대가 하늘을 누비고 지상 병력이 이를 받쳐 주는 형태를 생각할 것이다.

'그렇다면 나도 답이 나온다.'

이존욱은 독포자꽃을 선택했다.

마계의 정원을 짓고 독포자꽃을 대량 소환할 준비를 했다.

뒷마당의 마력석 채집장도 활성화되기 시작했기 때문에 삽시간에 마법진들이 병력을 쏟아낼 수 있었다.

콰지직!

"깽!"

그러는 와중에도 바쁘게 전장을 구석구석 돌아다니며 정찰로 풀어놓은 헬하운드들을 사냥하는 그리핀 1기가 거슬렸다.

하지만 저 1기의 활약 정도야 정찰 면에서라도 앞서겠다는 애처로운 발악에 불과했다.

그렇게 서열전은 순조롭게 진행되고 있었다.

적어도 이존욱은 그렇게 생각했다.

*　　　*　　　*

'됐군.'

그리핀이 이존욱의 진영을 살짝 둘러보고 나왔다.

이존욱은 독포자꽃을 선택했다.

독포자꽃 몇 마리를 엔트로 진화시켜서 길목을 막게 하면 석궁병·장창병·방패병 조합으로는 뚫기 어렵다는 걸 알기 때문이었다.

게다가 다수의 독포자꽃들이 독포자를 뿌려대면 하늘을 나는 그리핀들에게도 위협적이었다.

이존욱의 진영은 그야말로 부유하기 짝이 없는 상황.

마력 채집에 거의 올인을 한 모습이었다.

본진, 앞마당, 뒷마당 등 3군데에서 마력석을 채집하고 있는 클로들이 득시글거렸다.

마력석 채집장을 구축하느라 이존욱은 병력이 얼마 없는 상황. 물론 조금만 더 시간을 줘도 어마어마한 마력을 토대로 병력이 쑥쑥 뽑혀 나오리라.

'의도대로 됐다.'

일찌감치 출입구 두 개를 틀어막아, 이존욱이 안심하고 확장을 택하게 했다.

그리핀을 빨리 보여주어서 이존욱이 독포자꽃, 엔트 체제를 택하게 했다.

그리고 석궁병 2명이 그리핀을 타고 날아다니며 헬하운드의 정찰을 차단했다.

이신의 본진 위치는 7시였지만, 그는 5시 지역도 이존욱에게 들키고 싶지 않았다.

왜냐하면 거기에 몰래 지어버린 이신의 마력석 채집장이 있었으니까.

이존욱의 착각과 달리 이신은 식량 창고와 병영을 짓고서 바로 미리 빼놓은 콜럼버스에게 5시 지역에 몰래 마력석 채집장을 짓게 했다.

즉, 본진의 마력석을 쥐어짜는 체제가 아니라, 처음부터 부유하게 출발한 상태였다.

그리핀이 열심히 날아다니며 헬하운드를 사냥한 것은 5시에 몰래 확장한 것을 들통 나지 않게 하기 위함이었다.

이존욱은 줄곧 이신이 던진 미끼에 넘어가 오판을 한 것이다.

물론 더 시간을 주면 알아차릴 수 있으리라. 이존욱은 그렇게 어리석은 자가 아니니까.

하지만 시계가 없었던 시대 사람들의 애매한 시간 개념은 초 단위로 타이밍을 재는 이신과 극명한 차이가 날 수밖에 없었다.

'이젠 됐다.'

무려 6개나 되는 병영에서 쏟아져 나온 어마어마한 숫자의 병력이 이신의 앞에 있었다.

이존욱의 생각과 달리 이신은 그리핀을 달랑 1기만 소환하고, 병영에서 나오는 병력에 올인을 한 상태였다.

그리핀 1기는 5시 몰래 확장을 들키지 않게 정찰을 차단하는 용도였다.

그리고 그리핀 체제로 갈 거라고 이존욱을 속이는 미끼 용도로도 써먹었다.

'진격해라.'

어마어마한 병력이 출입구를 막고 있던 식량창고를 부수고 밖으로 쏟아져 나왔다.

이존욱의 진영을 향해 밀려 올라가기 시작했다.

앞을 기웃거리고 있던 헬하운드들이 이신의 진군을 발견했다.

아마 이존욱은 경악을 하고 있으리라.

*　　　　*　　　　*

"저 망할 새끼가!!"

이존욱이 고함을 질렀다.

엄청난 병력 규모를 보자마자 이존욱은 이신에게 마력석 채집장이 또 있다는 것을 깨달았다.

'어쩐지 집요하게 헬하운드를 사냥한다 싶었다. 정찰을 막기

위해서였구나.'

게다가 그리핀도 없이 석궁병·장창병·방패병에 집중 투자했다. 그래서 병력 규모가 어마어마했다.

그에 비해 이존욱은 마력석 채집에 열중하느라 병력이 얼마 없는 상황.

'침착해. 아직 안 늦었다.'

이존욱은 가만히 생각해 보았다.

생각해보니 이신의 병력은 몰래 숨겨 지은 마력석 채집장에서 마력을 더 얻었다 해도 비상식적으로 많았다.

저건 거의 모든 마력을 쏟아 부었다는 뜻이었다.

'한 번만 막고 나면 다시 내가 유리해진다.'

그때 독포자꽃들이 대거 소환되었다.

아직 이신의 병력을 막기에는 턱없이 부족했다.

'엔트로 진화해라.'

[독포자꽃 9마리가 엔트로 진화합니다.]

엔트 9마리가 완성되면 시간을 벌 수 있다. 뒤이어 계속 소환되는 독포자꽃들이 받쳐 준다면 능히 방어할 수 있으리라.

엔트 9마리가 진화를 완료할 때까지 시간이 필요했다.

이존욱은 헬하운드들을 시간 벌기에 활용했다.

헬하운드 7마리가 질풍처럼 달렸다.

방향은 5시.

바로 이신이 몰래 가져간 그 마력석 채집장이었다.

약점을 찔러서 이신의 병력이 회군하는 것을 노렸다.

하지만 이신은 미리 대비를 다 해놓은 상태였다.

“어디 와봐라!”

낯이 익은 특이한 병기를 들고 출입구를 떡하니 지키고 있는 장창병. 붉은빛의 멋진 갑옷으로 중무장한 것을 보면, 절대 일반 장창병이 아니었다.

‘혼천절? 설마 이존효?’

생긴 것을 봐도, 자신의 의형뻘인 이존효가 분명했다.

그가 알기로 이존효는 오자서가 사도로 데리고 있었다고 알고 있었다.

워낙에 무예가 출중해서, 마물 종족을 쓰는 오자서조차도 다른 계약자가 갖지 못하게 사도로 점유했을 정도였다.

콰지지직!

과연 이존효는 달랐다.

빈틈을 노려서 헬하운드가 물어뜯으려고 덤벼들 때에 입속에 혼천절을 꽂아 넣었다.

일격에 사살된 헬하운드 1마리.

또다시 휘두르자 여러 개의 추가 다른 1마리를 타격했고, 연이은 찌르기로 접근하지 못하게 견제했다.

춤을 추듯이 혼천절과 혼연일체가 된 이존효.

그 뒤에서 석궁병 2명이 볼트를 쏴서 지원했다.

헬하운드들은 뜻을 이루지 못하고 속절없이 죽어나갔다.

'그 망할 오만무도한 영감탱이가!'

오자서가 데리고 있었던 이존효를 왜 이신이 데리고 있단 말인가?

생각나는 건 하나뿐이었다.

오자서가 줘버린 거다.

'아직도 그때의 일에 앙심을 품고 있었구나. 망할 영감탱이가.'

오자서와의 감정의 골이 깊은 것은 이유가 있었다.

악마군주 안드로말리우스의 계약자 오자서와 서열전을 치르게 되었을 때였다.

"하핫, 부차 같은 놈이 여기도 있었구나."

천하를 제패했지만 어리석은 실정(失政)으로 10년도 못 가 반란으로 살해된 일화를 들었는지 오자서가 비웃었다.

이에 발끈한 이존욱이 반격을 했다.

"난 그래도 천하를 차지한 남자인데, 넌 그조차 못 하고 고작해야 간신배 모략에 죽은 초라한 인생 아니냐! 감히 윗사람처럼 행세하지 말고 내 앞에서는 고개를 조아려라!"

이에 오자서의 눈에도 불똥이 튀었고, 그렇게 두 사람은 앙숙이 되었다.

누가 뭘 잘못했다고 할 것도 없는, 그냥 도발로 이루어진 적대 관계였다.

이신의 군대가 앞마당 앞까지 당도했다.

이존욱은 시간을 더 벌기 위해 화염진 4개를 건설했다.

화르르! 화르륵!

화염진이 화염을 뿜어 이신을 공격했다.

"아악!"

"뜨거워!"

"이런 썅, 우리도 쏴!"

하지만 어마어마한 숫자의 석궁병들이 일제히 사격을 가하니 화염진들도 속절없었다. 눈 깜짝할 사이에 파괴당한 화염진.

그렇게 이신의 군대가 앞마당을 쓸어버리는가 싶었던 찰나였다.

"끼에에에엑……!"

"끄히에에에엑……!"

길게 늘어지는 묘한 신음 소리를 내며, 엔트 9마리가 걸어왔다.

이신도 판단이 빨랐다.

엔트들이 일제히 나뭇가지를 뻗어 공격하려는 순간, 병력을 뒤로 빼버린 것이다.

엔트들은 느릿느릿, 천천히 움직여 방어선을 구축했다.

이어서 독포자꽃을 계속 소환해 충원시켰다.

'이제 됐다.'

비로소 한숨을 돌린 이존욱이었다.

하지만 바로 그때였다.

[적의 공격을 받았습니다!]

'뭐?!'

대뜸 습격을 당한 뒷마당.

놀라서 그쪽을 살펴보니, 그리핀 3기가 계속 병력을 실어 나르고 있었다.

2명씩 태울 수 있다는 점을 이용해서 그리핀을 수송수단으로 써먹은 것이었다.

이존욱이 계속 대응했지만, 그리핀은 2명밖에 못 태우는 대신 속도가 매우 빨랐다.

뒷마당, 앞마당, 본진, 계속 병력을 투하하며 일하는 클로들을 죽여 이존욱을 정신없게 만들었다.

그리핀 3기에 병사 6인을 태운다.

구성은 늘 방패병 2명, 장창병 1명, 석궁병 3명.

마력석 뒤편 공간에 내린 뒤에 양쪽 끝에 방패병이 가로막고, 그 뒤에서 장창병이 보조하며, 석궁병들은 마력석을 채집하던 클로들을 사살한다.

수없이 연습을 치르면서 이신이 구성한 이 포메이션은 큰 위력을 발휘했다.

이존욱은 빠르고 값싼 헬하운드로 본진 테러를 진압하려 했지만, 이 완벽한 포메이션을 구성한 이신의 병사들을 처치하는데 상당한 시간과 희생이 따랐다.

하물며 이신은 계속해서 신속하게 그리핀을 쓰며 드롭을 계속했다.

전면에서 방어선을 구성한 엔트들은 이동 속도가 극히 느리고 몸집이 커서 움직이는 데 제한이 따른다.

바로 그 점을 노린 빠른 드롭 공격이었다.

독포자꽃들을 배치시켜 하늘로 넘어오는 침투에 대비했지만, 그리핀들은 열기구처럼 느리고 약하지 않았다.

그리핀들은 쉽게 독포자꽃들의 포화를 뚫고 지나가 빈 공간에 병력을 투하했다.

내린 6인은 또한 신속하게 포메이션을 갖추고 전술적으로 이존욱을 괴롭혔다.

독포자꽃의 포화에 의해 그리핀들이 격추되었지만, 이신은 계속 그리핀을 소환해서 충원시키고 있었다.

공격 본능.

견제 플레이의 달인인 이신은 거의 반사 신경에 가까운 판단력으로 허점을 찔렀다.

이존욱이 미처 방비 못 한 빈 공간에 정확히 찔러 들어가 병사들을 드롭.

아무리 방비해도 계속 그리핀들은 침투 경로를 바꿔가며 찔러 넣었다.

전면에 구축해 놓은 방어선이 의미가 없는 맹렬한 공격!

이존욱의 진영은 계속해서 드롭에 당하며 넝마가 되어갔다.

이곳저곳에서 일시에 펼쳐지는 공격에 모조리 대응하는 멀티태스킹에 익숙하지 않은 까닭이었다.

이신은 그리핀과 병력을 계속 소환해 가며 바짝 몰아쳤다.

본진과 5시 지역의 마력석 채집장에서 들어오는 마력을 남김없이 소모해 가며 공세를 이어나갔다.

계속해서 쏟아지는 물량.

끊임없이 이어지는 공격.

이는 최영준에게서 배운 자원 최적화와 물량이었다.

계속해서 드롭을 당하면서 이존욱의 방어선이 주춤주춤 뒤로 밀리기 시작했다.

이제 충분히 유리해졌으니, 공세의 끊을 늦추고 앞마당에 마력석 채집장을 구축해 장기전을 바라봐도 된다.

하지만 이신은 아예 지금 끝내 버리기로 결심했다.

특수병영에서 소환된 공병이 전장에 도착했다.

'투석기를 조립해라.'

공병이 투석기 조립을 마치자마자 포격이 시작되었다.

투석기의 등장은 이 결전의 끝을 알리는 신호탄이었다.

이존욱은 기필코 그 투석기를 없애야 했다. 그래야 시간이라도 벌 수 있다.

"끼에엑!"

"키엑!"

마법진에서 마룡들이 소환되었다.

구석구석 찌르는 이신의 초고속 템포의 드롭 견제에 대항하기 위한 이존욱의 대책은 날아다니며 싸울 수 있는 마룡.

마룡들은 투석기를 향해 날렵하게 날아들었다.

'가까이 다가오면 일제히 집중 사격.'

'방패병은 투석기를 둘러싸고 보호.'

'그리핀은 마룡이 공격을 시도하는 타이밍에 맞춰 병사들을 적 본진에 실어 나른다.'

'특수병영은 기사를 소환. 첫 기사는 사도 질 드 레.'

이신의 머릿속에서 온갖 명령이 연속으로 휙휙 떨어졌다.

지휘관이 빈틈없이 철저히 대응하니, 이에 따르는 병력들도 체계적이고 일사불란했다.

승부처였다.

승패는 삽시간에 갈려 버렸다.

이미 예상치 못했던 드롭 공격에 너덜너덜해질 정도로 타격을 입은 이존욱.

하지만 투석기만 제거한다면 다시 반격의 기회를 엿볼 수 있었던 그는 결국…….

"끼에에엑!"

"크엑!"

석궁병들의 집중 사격에 마룡들이 녹아버리다시피 했고, 마룡들이 뿜어낸 독액은 방패들의 방패가 가로막았고, 그리핀은 마룡들이 공격 나온 틈을 타 본진 깊숙이에 병사들을 태워다

날랐다.

잠시 후, 특수병영에서 소환된 질 드 레가 위풍당당하게 나타났다.

흑색의 갑주와 롱 소드로 무장한 질 드 레는 엔트들에게 돌격을 시도했다.

콰지직!

일격에 크게 훼손된 엔트.

이어서 투석기가 정확히 그 엔트를 향해 바위를 날렸다. 그 짧은 틈에 이신이 내린 센스 넘치는 지시였다.

쿠아앙!

"키이이이이이익……!"

거의 반파되다시피 하며 엔트는 죽어버렸다.

질 드 레가 소리쳤다.

"이때다!"

마치 현장의 지휘관이 된 듯한 질 드 레의 호령이었다. 이신도 일정 부분에 대해서는 질 드 레의 지휘권을 인정해 주고 있었다.

"우와아아아!"

"달려!"

엔트 하나가 죽고서 생긴 틈바구니로 병력이 빠르게 돌진하였다.

다른 엔트들이 나뭇가지를 마구 뻗어대며 반격했지만, 앞장

선 방패병들이 방패로 공격을 받아냈다.

틈새를 비집고 돌파한 병사들은 아예 엔트들을 무시해 버리고 이존욱의 앞마당을 짓밟았다.

독포자꽃이 독포자를 뿌려대며 사방팔방을 독포자 안개로 깔아버렸지만, 이미 전세는 기울어질 대로 기울어진 뒤였다.

앞마당을 초토화시키자,

[악마군주 세에레 님의 계약자 이존욱 님께서 패배를 선언하셨습니다. 악마군주 그레모리 님의 승리입니다.]

[악마군주 그레모리 님께서 마력 1만을 획득하셨습니다.]

[마력 총량 18만 9천으로 악마군주 그레모리 님께서 서열 66위가 되셨습니다.]

[마력 총량 18만 1천으로 악마군주 세에레 님께서 서열 67위가 되셨습니다.]

이신은 승리를 거두었다.

'몰래 확장에 성공했으니 그때 이미 반쯤은 이긴 것이나 다름없었지.'

5시에 몰래 지은 마력석 채집장.

그리고 들키지 않기 위해서 초반부터 빠르게 그리핀을 뽑아 정찰 차단.

만약 들켰다면 들킨 대로 다음 작전이 있었지만, 성공했기에 승리를 손쉽게 가져갈 수 있었다.

악마군주들이 있는 대기 장소로 돌아온 이신.

그때, 악마군주 세에레가 거대한 그리핀에서 내려 성큼성큼 이신에게 다가왔다.

이에 흠칫한 이신의 손을 그레모리가 잡아 안정시켜 주었다.

놀랍게도 세에레는 몹시도 정중하게 이신에게 고개를 숙여 보이는 것이었다.

"상대의 허를 찌르는 전략, 폭풍처럼 몰아치는 전술, 그 짧은 순간순간에도 빛나는 판단. 비록 패했으나 감명 깊게 보았습니다, 이신 공."

"……!"

너무도 정중하고 진심 어린 태도에 하마터면 감사하다고 화답할 뻔한 이신이었다.

하지만 손을 잡아주고 있는 그레모리 덕분에 휘말리지 않고 평정을 찾을 수 있었다.

그런데 이상한 것은 이존욱의 태도였다.

뒤에 있던 이존욱은 세에레가 정중할수록 도리어 두려움에 떨고 있는 눈치였다.

"제게 큰 감명을 주신 이신 공에게 저는 오히려 감사를 느끼고 있습니다. 자, 소원을 말해보십시오. 저는 악마군주 세에레. 눈 깜짝할 사이에 대지를 달릴 수 있어 어디든 단숨에 데려다 줄 수 있고, 많은 물건을 가져다줄 수도 있습니다. 물론 마력을 요구하시거든 기꺼이 제 마력의 1%를 드리겠습니다."

"마력을 원합니다."

"하하, 그럴 것 같았습니다. 좋습니다."

세에레가 자신의 마력의 일부를 모아 한 손에 뭉쳤다.

그리고 바치듯이 두 손으로 공손히 이신에게 내민다.

건네받기 위해 손을 뻗으려 했다가, 그레모리가 잡고 있던 손을 당겼기에 멈출 수 있었다. 하마터면 또 세에레에게 휘말릴 뻔한 것이다.

이신이 건네받지 않아도, 마력은 저절로 이신에게로 향했다.

작은 마력 뭉치가 안개처럼 스르륵 풀어지더니, 이신의 몸속에 스며들었다.

[1,810마력을 획득하셨습니다.]

[계약자 이신 님은 현재 2,007마력을 보유하고 계십니다.]

"자, 이렇게 승부는 났지만, 이대로 끝나기에는 서운한 감이 없지 않군요."

세에레의 말에는 많은 의미가 담겨 있었다.

패배하고 이신에게 소원으로 마력을 주고 난 후에 세에레의 마력량은 179,190.

18만 9천 마력을 보유한 그레모리의 9할 이상으로, 규칙상 그녀에게 지금 다시 도전할 수 있는 자격 조건이 충족되는 상태였다.

"이존욱 공, 당신의 생각은 어떻습니까?"

세에레가 물었다.

다시 도전한다면 이신을 꺾을 수 있겠냐는 질문이었다.

이존욱이 고개를 끄덕이며 소리쳤다.

"방금 전의 패배는 속임수에 속았기 때문이었습니다. 다시 도전한다면 이길 수 있습니다!"

패배를 만회하려는 기색이 역력했다.

그 말을 듣고서 이신은 속으로 판단했다.

'내가 속게끔 만들었다는 생각은 못 하고 있군. 패배로 인해 냉정을 잃었다. 그렇다면 나 역시 얼마든지 더 꺾을 수 있지.'

그때, 세에레가 그레모리에게 말했다.

"도전하겠습니다. 다시 한 번 겨루어서 이 승부를 더 즐겁게 만들어보지요, 악마군주 그레모리여."

이에 그레모리는 가만히 이신을 바라보았다.

이신의 판단에 맡기겠다는 눈길이었다.

이신은 조금의 망설임도 없이 말했다.

"블루레인, 5만."

흠칫.

그레모리와 세에레가 동시에 동요했다.

이존욱은 경악한 눈으로 이신을 바라보고 있었다.

그런 이존욱을 똑바로 마주보는 이신의 눈빛에는 조금의 흔들림도 없었다.

이존욱은 표정이 굳어 버렸다. 비로소 판단력이 돌아온 모양이었다. 이신이 절대로 지지 않는다고 확신하고 있다는 사실을 알아차린 것이었다.

그레모리가 말했다.

"들었지? 전장은 제2 전장 블루레인, 배팅할 마력은 5만으로 하겠다."

"……."

"왜 말이 없지? 나는 기꺼이 네 도전을 받아들이겠다고 했다, 악마군주 세에레."

"하하하!"

세에레는 웃음을 터뜨렸다.

유쾌한 웃음이었지만 과연 속내까지 그럴지는 알 수 없었다.

세에레는 이존욱에게 물었다.

"이거 큰일이군요. 이존욱 공, 자신이 있습니까? 자신 있다면 공을 믿고 도전을 해보겠습니다."

이존욱은 나직이 신음하며 말했다.

"죄송합니다, 군주님. 지금 당장 도전하는 건 우리에게 불리한 것 같습니다. 더 많은 준비를 하고 나서 도전해도 늦지 않을 것이라고 생각됩니다."

"실은 저도 그렇게 생각했습니다. 그럼 아쉽지만 오늘은 이만 하지요."

세에레는 그레모리와 이신에게 차례로 인사를 한 뒤, 이존욱과 함께 전장을 떠나 버렸다.

떠나면서 세에레는 이신에게 의미심장한 한마디를 남겼다.

"참! 축하드립니다, 이신 공."

"……?"

승리한 것을 축하하는 건가 싶었지만 말투가 영 의미심장해서 마음에 걸렸다.

"정말 잘하셨어요. 저 세에레가 굉장히 분통을 터뜨리네요."

그레모리가 밝은 목소리로 말했다.

"분통을요?"

"악마는 겉으로 드러난 감정 표현이 전부가 아니에요."

"그렇습니까? 아무튼 마력을 얻었으니 잠시 사도 관리를 하겠습니다."

"기다릴 테니 천천히 하세요."

2,007마력이 있으니, 질 드 레나 이존효에게 능력을 부여할 수 있게 되었다.

우선은 자신의 최측근과도 같은 질 드 레에게 능력을 부여했다.

'질 드 레에게 능력을 부여한다.'

[능력이 임의로 부여되며 1,000마력이 소모됩니다. 부여하시겠습니까?]

'그렇다.'

이윽고, 사도 명단을 확인해 보니 질 드 레의 항목에 변화가 생겼다.

질 드 레(휴먼, 기사)

무기 : 롱 소드(공격 속도 +5%)

방어구 : 칠흑갑주(방어력 +5%, 이동 속도 +2%)

능력 : 전군시야(아군 병력 및 건물이 닿는 곳을 전부 볼 수 있습니다.)

'전군시야?'

설명을 보니, 바로 전체를 보고 지휘를 하는 이신과 동일한 시야를 얻는다는 뜻이었다.

즉, 현장에서 싸우면서도 이신처럼 전장 전체를 보고 판단할 수 있다는 뜻이었다.

'점점 더 내가 원했던 현장 지휘관의 모습이 되어가는군.'

두 눈으로 직접 1인칭으로 보는 것과 전체적인 시야로 보는 것은 관점 자체가 달라진다. 보다 더 객관적이고 냉정한 상황 판단이 된다.

정말로 원했던 능력이 생긴 것이었다.

그런데,

꿈틀꿈틀.

'응?'

이신은 당혹감을 느꼈다.

몸속에서 무언가가 꿈틀거리고 있다는 느낌이 들었다.

꿈틀꿈틀!

점점 요동쳤다.

'이게 뭐지?!'

마치 몸속에 살아 있는 괴생물체가 들어 있는 기분이었다.

제4장

변화

'내가 왜 이러지?'

몸속에서 생겨난 기이한 변화에 이신은 당혹감을 느꼈다.

그때, 그레모리가 다가와 말했다.

"안심하세요."

"제가 왜 이러는 겁니까?"

"마력이 응축되고 있는 거예요."

"마력이?"

그럼 몸속에서 꿈틀대고 있는 것이 바로 마력인 모양이었다.

"이게 왜 갑자기 이러는 겁니까?"

"그야 자격이 갖춰졌으니까요."

"네?"

뜻 모를 말만 하는 그레모리였다.

이윽고 꿈틀대던 마력이 하나로 뭉쳤다.

마치 구슬처럼 둥그렇게 뭉쳐 하나의 덩어리를 이루더니, 비로소 움직임을 멈췄다.

그리고…….

[악마군주 그레모리 님의 계약자 이신 님께서 1,000마력을 획득하여 하급 악마가 되셨습니다.]

"뭐?!"

이신은 깜짝 놀라 저도 모르게 소리쳤다.

자신이 하급 악마가 되었다는 메시지를 받았는데 놀라지 않을 사람이 어디 있겠는가?

"제가 악마가 되었다는 게 무슨 소리입니까?"

"놀라실 것 없어요. 무엇이든 마력을 지닌 존재는 악마로 분류돼요. 카이저는 하급 악마의 자격 요건인 1,000마력을 형성한 거죠."

"그럼 전 이제 어떻게 되는 겁니까? 이게 제 신체나 정신에 어떤 영향이라도 끼친다면 저는……."

"특별히 달라질 건 없어요. 전에도 말씀드렸다시피 카이저 스스로가 마력을 사용하고 싶다는 의지를 갖지 않는 이상, 어떤 변화도 없을 거예요."

"만약 충동적으로 그런 생각을 품게 된다면 어떻게 되는 겁니까?"

"카이저가 원하는 방향으로 마력이 사용되죠. 결코 해로운 쪽으로 카이저에게 영향을 주지 않아요."

그레모리는 차분한 설명으로 이신을 안심시켰다.

"게다가 마력은 있다가도 없는 것이죠. 마력이 있다면 악마지만 없어지면 다시 그저 인간이 될 뿐이에요. 너무 깊이 생각하실 필요는 없어요."

"그밖에도 제가 알아두어야 할 다른 사항은 없습니까?"

"있죠."

그레모리는 활짝 웃었다.

"사실 마력을 지닌다고 진정한 의미에서 다 악마로 분류되지는 않아요. 헬하운드나 독포자꽃, 엔트처럼 마력을 지닌 마물들도 있지요. 하지만 하급 악마는 그것들과 질적으로 달라요."

"어떻게 다릅니까?"

"자기 본신의 능력을 각성하게 되죠."

"능력?"

"저는 여자의 마음을 얻게 해주고 몸을 치유해 주는 능력이 있죠. 저와 같은 악마군주는 아니지만, 상급 악마 엘티마에게도 거짓말을 간파하는 능력이 있었죠. 그렇듯 악마는 누구나 자기 고유의 능력을 잠재하고 있어요. 그게 발현되기 시작하는 것이 하급 악마부터예요."

"제 능력이 무엇인지 어떻게 알 수 있습니까?"

"그건 본인이 자각하기 전에는 아무도 몰라요."

"……."

이신은 못내 찜찜한 기분을 느꼈다.

하급 악마가 되다니. 게다가 능력도 생긴다니.

자신이 인간이 아닌 다른 무언가가 된다는 게 기분 좋게 받아들여질 리가 없었다.

'일단 별다른 일이 없다고 하니까 그냥 넘어가자.'

잠자코 뭉쳐져 있는 마력 덩어리를 느끼며 이신은 생각했다.

이걸 사용하려 하지만 않으면 아무런 일도 일어나지 않는다.

* * *

현실로 돌아오자 이신은 다시 바빠졌다. 한창 프로리그 시즌 중이었으니 눈 코 뜰 새가 없었다.

선수로서는 다음 경기를 준비해야 했고, 코치로서는 담당한 주디와 정다울을 가르쳐야 했다.

'생각보다 훨씬 상황이 안 좋아.'

MBS는 당초 생각보다 훨씬 선수들의 기량 저하가 심각했다.

성격이야 어쨌든 팀을 거의 책임져 주던 에이스 신지호를 형편없이 낮은 몸값을 제시했다가 놓쳐 버린 일로 MBS는 선수들의 신뢰를 완전히 잃은 상황이었다.

그렇다 보니 부진에 빠져 있던 선수들의 회복이 예상보다 더 더뎌졌다.

그나마 이신과 주디가 제 역할을 다해주고 있었고, 정다울도 프로무대 데뷔 후 1승 1패로 순조롭게 출발했다.

하지만 6인이 출전하는 다승제 경기에서는 최소한 3명은 이겨주어야 한다. 그래서 에이스 결정전에서 이신이 나가 승리를 따줄 게 아닌가!

이신이 출전하는 모든 경기에서 항상 이긴다고 가정해도, 최소한 2승을 더 거둬줄 선수들이 있어야 한다.

주디와 정다울?

아무리 좋은 역량을 보인 신인이라도 그 두 사람이 항상 이길 턱이 없었다.

신인이라 아직 여물지 않은 점은 감안하면, 승률이 50% 정도만 나와도 성공이라고 이신은 생각했다.

주디는 충분히 그렇게 활약해 줄 가능성이 높았지만, 정다울은 결점이 너무 많아 불안했다.

주디와 정다울 중 한 사람이 패하더라도, 다른 선수가 한 명쯤은 승리를 따내주어야 한다. 그래서 프로 팀의 감독들이 늘 엔트리 짜느라 골머리를 썩는 것이다.

하지만 정작 이신이야말로 상대 팀의 골칫거리로 떠오른 상태였다.

CT의 에이스 이철한.

JKT의 에이스 박영호.

벌써 두 팀의 에이스를 연파시키며 자신의 존재감을 각인시킨 이신은 폭풍의 핵으로 떠오르고 있었다.

특히나 명실 공히 대한민국의 최강자의 반열에 올랐던 철벽괴물 박영호와의 대결은 맵의 이름을 따 '붉은 사막 대전'이라 불리며 국내 팬은 물론 전 세계의 찬사를 받고 있었다.

이신이 명실상부하게 제 실력을 되찾았다는 것을 입증한 명승부였다.

예전의 실력을 회복한 이신!

상대 팀에게 있어 그것처럼 무서운 말이 있을까?

2020년 후반기 현재, 프로리그에서 활약하고 있는 감독들은 다들 최소 2년 이상 팀을 이끌어온 이들이었다.

즉, 예전 현역 시절의 이신을 겪어보았기 때문에 그를 상대하는 일이 얼마나 고달픈지 잘 알았다.

알게 모르게 MBS를 제외한 모든 팀들이 공감대를 형성하였다.

'4라운드에서 MBS 만큼은 반드시 꺾어야 한다.'

'4라운드 플레이오프에 MBS가 진출하게 해서는 안 된다.'

'MBS에게 절대로 승점을 허용하지 마라.'

프로리그 각 라운드의 경기 방식은 다승제.

6인의 선수가 출전해서 보다 많이 이긴 팀이 이기는 방식으로, 이신이 혼자서 아무리 잘해도 다른 선수가 받쳐 주지 않는 이상 MBS는 이길 수 없다.

그러나 각 라운드의 플레이오프는 연승제.

이긴 선수가 계속 다음 상대와 싸우는 방식이었다. 이신 혼자 잘해도 팀을 이기게 만들 수 있는 것이다.

올킬을 밥 먹듯이 했던 현역 시절의 이신이라면 플레이오프에서 날아다닐 터였다.

그렇게 4라운드 플레이오프에서 MBS가 우승해 보너스 승점을 따낸다면?

그래서 간신히 턱걸이로 4위를 기록해 포스트시즌에 진출한다면?

…포스트시즌도 경기 방식은 연승제였다.

정말로 이신이 혼자서 다 해먹으며 팀을 우승시킬 수도 있는 일이었다.

물론 지금은 황병철은 물론이고 최영준, 박영호, 그리고 기량이 크게 신장된 신지호 등 수많은 대항마가 있었다.

하지만 과거, 이신이 분명히 그런 일을 벌였기 때문에 각 팀 감독들로서는 두려워하지 않을 수 없었다.

그래서 내린 결단이 기필코 4라운드에서 MBS를 탈락시키는 것이었다.

그리고 이신에 대한 대처법도 간단했다.

이신이 나올 만한 맵에 버리는 패를 내보내는 것.

팀의 승리를 위해 노골적으로 상대 팀의 에이스를 저격하려는 이신이었기에, 상대 팀 감독으로서는 더더욱 자기 팀 에이스가 이신과 싸우게 되는 사태를 피하도록 엔트리를 짜야 했다.

당연히 이신도 오랜 경험이 있기에 그런 식으로 흘러갈 거라는 걸 알고 있었다.

그래서 인류에게 극히 불리한 맵에도 서슴없이 출전했고, 심지어는 신족까지 플레이할 줄을 알게 되어서 더더욱 상대 팀으로 하여금 자신이 어느 맵에 출전할지 종잡을 수 없게 만들었다.

그리고 곧 다가오는 다음 경기의 상대 팀은 화성전자.

바로 '이단자' 황병철이 소속되어 있는, 이신과는 예전부터 앙숙이었던 팀이었다.

"화성전자의 황병철이 최근 부진을 떨치고 회복세로 돌아서려는 추세이긴 해도 아직 불안정해."

방진호 감독의 말에 코치진들도 동의했다.

"아직 예전만 한 포스는 아니죠. 승률은 좀 나아지긴 했어도."

"요즘 이긴 승리도 다 정석적으로 이긴 거잖아요. 상대 공격에 같이 뛰어들어 카운터로 물어뜯는 특유의 스타일이 아직 잘 안 나오고 있습니다."

"솔직히 이제 황병철은 전성기가 다 지났다고 생각되는데요, 뭐."

코치들은 황병철에 대해 비관적인 의견을 늘어놓았다.

사실이 그랬다.

황병철은 올해에 들어 작년 같은 기량을 내지 못하고 있었다. 올해 들어서 한 번도 본래의 모습을 보여주지 못해 팬들이 하나둘 지쳐 등 돌리는 실정이었다.

'아직 부진이 계속되고 있군. 자기 스타일 찾지 못하는 건 심한 슬럼프인데.'

이신은 곰곰이 생각에 잠겼다.

황병철의 본모습. 그것은 대이신 전략에 최적화된 카운터형 괴물이었다.

매우 공격적인 이신에게 대항하다가 저절로 터득하게 된 스타일. 혹자는 이신과 상극인 스타일을 지녔기에 신에게 대항하는 유일한 이단자가 될 수 있었다고 말하기도 한다.

황병철은 상대가 공격을 들어왔을 때, 자신 또한 상대의 진영을 공격해 카운터를 날리는 전법을 즐겼다.

한마디로 같이 죽자는 식이지만, 그것은 물귀신 작전이라기보다는 살을 주고 뼈를 친다는 느낌이었다.

황병철의 진가는 두려움 없이 같이 상대를 물어뜯겠다고 덤비는 근성이 아니라, 뛰어난 계산이었다.

상대의 공격이 자신에게 얼마나 피해를 입힐지, 또한 자신은 상대에게 얼마나 피해를 입힐 수 있을지, 그 견적을 매우 잘 내린다.

때문에 둘 중 누가 죽을지 모르는 극단적인 도박 같아도, 그 승부에서 황병철의 승률은 상당히 높은 편이었다.

즉, 이신이 공격을 할 때마다 덩달아 함께 카운터를 날리며 서로 상처 입히며 난투를 벌일 수 있는 사람이 바로 황병철이었던 것.

황병철의 불행은 이신의 계산 능력이 절대로 그의 아래가 아니라는 점이었다.

순간적으로 이득일지 손해일지 견적을 내려 싸울지 말지를 결정하는 엄청난 계산 속도!

게다가 이신은 장대한 시나리오를 짜서 황병철로 하여금 자기 의도대로 행동하게 만드는 수 싸움에도 능했다.

때문에 이신과 황병철의 대결은 극도로 치열한 명승부가 있는가 하면, 황병철이 아무것도 해보지 못하고 농락당한 경기도 꽤 많았다.

팬들은 이를 복불복이라 표현하면서 두 사람의 대결을 늘 기대하곤 했다.

"그래도 노련미 있고 컨트롤도 여전히 발군이라 화성전자가 아직 에이스라고 내세울 수 있는 선수다. 아마 화성전자는 황병철을 이신을 피해서 내려 할 거야."

방진호 감독이 계속 말했다.

"내 생각에 화성전자는 황병철을 주디와 싸우게 할 거야."

"주디랑?"

"하긴, 이신을 제외하면 요즘 주디가 물이 올랐죠."

"에휴, 다들 부진 중이니……."

"버리는 패를 이신에게 던져 주고 그다음으로 위협적인 주디를 황병철로 제거하는 거네."

그렇게 토의가 오가고, 방진호 감독이 결정을 내렸다.

"일단 주디는 인류에게 유리하거나 밸런스가 안정적인 맵에 출전시킬 거야. 그리고 화성전자도 그걸 알겠지. 그래서 황병철이 출전할 수 있는 맵은 두 가지다."

그는 화이트보드에 두 가지 맵 이름을 썼다.

1세트, 신성한 잔흔.

4세트, 왕가의 계곡.

신성한 잔흔은 인류가 대체로 다른 종족에 대하여 6 대 4 정도로 유리한 맵.

그리고 왕가의 계곡은 모든 종족 간 밸런스가 잘 맞는 맵으로 잘 알려져 있었다.

"우리가 주디로 하여금 확실히 1승을 따게 하려면 1세트에 출전시켜야 하지. 근데, 그걸 노리고서 황병철이 1세트에 나올 확률이 높아."

방진호 감독이 결론을 내렸다.

"그래서 1세트는 이신이 나가고, 주디는 4세트에 내보낼 거야."

1군 선수들의 부진으로 어려움을 겪는 MBS로서는 어떻게든 이신이 상대 팀 에이스 황병철을 꺾어주어야만 승률이 높아지는 것이었다.

'리스크가 좀 있긴 해도 타당한 선택이군.'

이신도 고개를 끄덕여 동의했다.

1세트 맵 왕가의 계곡은 대체로 6 대 4 정도로 인류에게 웃어주는 맵. 차라리 이런 곳에 주디나 박신을 출전시키는 편이 나을지도 모른다.

하지만 화성전차 측에서도 인류 플레이어가 나올 수 있으니, 딱히 주디나 박신에게 유리하다고 할 수도 없는 것이었다.

'설령 황병철이 안 나오더라도 신태호가 나올 수도 있고.'

신태호는 '머신'이라는 별명으로 불리는 화성전자의 떠오르는 신예였다. 황병철이 부진하고 있을 때는 화성전자의 에이스 역할을 대신했던 선수이기도 했다.

그야말로 머신이라는 별명에 걸맞게 기계 같은 피지컬의 소유자였다. 장기전으로 갈수록 강해지는 스타일이라, 장기전으로 가기 쉬운 인류 대 인류 전에 강했다.

현재 MBS에서는 장기전에서 신태호를 이길 수 있는 인류 플레이어가 없다시피 했으므로 차라리 이신이 신태호를 상대하는 편이 나을지도 몰랐다.

아무튼 이신으로서는 신태호든 황병철이든 둘 중 한 사람은 반드시 잡아야 했다.

"아, 그리고 이번 경기는 찬영이를 내보낼 거야."

"최찬영?"

"그래. 전에 네 연습을 도와주면서 실력이 확 늘었더라."

최찬영은 일전에 박영호와의 대결을 준비하면서 이신의 연습 상대가 되어 주었던 괴물 플레이어였다.

최찬영의 실력 가지고는 박영호를 대비한 연습이 되지 않기 때문에, 이신은 연습생 한 명을 시켜 자신이 무엇을 하는지 최찬영에게 수시로 가르쳐 주게 했다.

무엇을 하는지, 어디로 공격에 들어가는지를 들어가며 싸웠기 때문에 최찬영은 연습 내내 이신과 동률의 승패를 기록했는데, 사실 프로가 되어서 그 정도도 못 하는 것이 더 이상한 일이었다.

방진호 감독은 웃으며 말했다.

"너랑 그런 식으로 연습을 하고 나니까 어떻게 해야 이길 수 있는지 조금은 감을 잡았다고 하더라."

'그건 또 생각지도 못했던 효과군.'

한마디로 상대가 무엇을 하는지 알고서 이에 대응하는 법을 배운 것이었다.

박영호와의 일전을 준비하려고 도움을 받은 이신이었지만, 최찬영에게도 좋은 훈련이 된 것이었다.

엔트리가 정해지면서 이신은 더 바빠졌다.

황병철과 신태호 두 사람을 상대로 가정한 연습을 해야 했고, 주디도 훈련시켜야 했다.

"주디."

"네."

"잘 들어, 네가 황병철과 싸우게 될 수도 있어."

주디의 푸른 눈이 동그래졌다.

놀란 주디에게 이신이 계속 말했다.

"걱정할 필요 없어. 지금의 황병철은 좀 맛이 가서, 네가 충분히 이길 수 있는 상대야. 넌 내 말대로만 하면 돼."

"네."

"그럼 연습하자. 내 오더 대로, 알지?"

"네!"

오랜만의 주입식 훈련이었다.

엔트리에 끼지 않은 1군 괴물 선수들을 연습 상대로 불러놓고 두 사람은 훈련을 시작했다.

"바로 출발해. 앞마당까지 압박해서 방어에 돈 쓰게 만들고 바로 빠져. 오래 머무르지도 말고 싸우지도 마. 네 컨트롤 가지고는 병영 병력 갖고 황병철 절대 못 당해내."

"네."

"한 번 압박 갔을 때 쐐기충이 안 보이면 바로 촉수충으로 간 거야. 이미 퇴로에 촉수충 심어놓고 기다리고 있다고 보면 돼. 멀리 우회해서 돌아가. 절대 압박 갔던 병력 잃지 말고 돌아와. 그 병력 잃으면 황병철이 계속 물어뜯으려 할 거야. 그땐 더 고달파져."

"네."

"바로 기갑 체제로 전환해. 고속전차 먼저 뽑아서 지뢰 박고 다른 스타팅 포인트에 있는 확장기지 견제 가. 지뢰 계속 박고 디펜스 해. 스타팅 포인트 3개 이상만 안 주면 인류가 괴물한테 안 져."

"네."

"황병철은 장기전 싫어해. 지뢰만 끈질기게 깔고 버티면 분명히 황병철이 먼저 크게 한 방 총공격을 해올 거야. 그거 한 타만 막아내고 나면 여유 있게 이길 수 있어."

연습 게임은 주디의 여유 있는 승리로 돌아갔다.

다시 연습을 시작하면서 이신이 말했다.

"방금 것은 평범하게 흘러가는 인류 대 괴물 전 시나리오야. 문제는 황병철이 예상 못 한 타이밍에 올인 전략을 펼쳐올 시야. 하지만 그것도 정해진 패턴이 몇 가지 있으니까, 그걸 위주로 가보자."

"네."

그렇게 이신은 주디에게 황병철을 격파하는 공식을 주입시켰다.

만에 하나의 경우를 대비해서였다.

그리고 며칠 후,

—e스포츠를 사랑하시는 모든 팬 여러분, 정말 많이 기다리셨습니다! 기다리고 기다리셨던 MBS 대 화성전자의 경기가 오

늘 시작됩니다! 특히나 오늘 경기는 양 팀의 에이스가 눈에 띄죠?

—그렇습니다. 이신과 황병철입니다. 신과 이단자가 마침내 오랜 시간이 흘러 다시 재회했습니다. 오늘 대진상 두 선수가 붙을 수 있을지는 모르겠습니다만, 가능성은 충분합니다!

—아, 물론이죠! 이야, 신과 이단자의 대결! 작년 후반기 개인리그 결승 때 이루지 못했던 승부가 오늘 성사될 수도 있는 게 아니겠습니까?

—예, 이신 선수는 이제 슬슬 자기 기량을 되찾은 모습인데요, 황병철 선수도 이제 부진을 털고 다시 좋은 활약을 펼칠 수 있는 계기를 오늘 만났으면 합니다.

—자, 오늘은 특별히 준비된 이벤트가 있는데요. 모두들 깜짝 놀라실 겁니다! 자, 화면을 보시죠!

이윽고 경기장의 대형 화면에 영상이 재생되었다.

화면에 황병철이 등장하자 관객들이 환호를 했다.

황병철은 웬 으슥한 복도를 걷고 있었다.

저벅저벅, 조용한 복도에 발소리가 을씨년스럽게 울려 퍼진다.

—여긴가?

이윽고 문을 열고 방안으로 들어가는 황병철.

안으로 들어서니 영상에 이신이 나타났다.

"꺄아아아악!"

"이신 오빠! 꺄아악!"

"신! 신! 신! 신!"

관객들이 열광하기 시작했다. 특히나 유난히도 여성 관객의 반응이 매우 열광적이었다.

―아, 깜짝이야. 욕 나올 뻔했네.

황병철의 그런 반응은 당연했다.

황금빛으로 번쩍거리는 옥좌.

거기에 이신은 위풍당당하게 앉아 있었다.

게다가 지나치게 화사한 하얀 턱시도에 금실로 수놓아진 붉은색 망토를 두르고 있는 요란스러운 옷차림이었다.

누구라도 바보 같다는 소리를 면치 못했을 괴상한 패션이었다.

하지만 입은 사람이 이신이었다.

조각 같은 얼굴과 우월한 기럭지를 가진 이신은 그 미친 패션이 놀랍도록 잘 어울렸다.

거기서 끝난 게 아니었다.

옥좌에 앉은 이신의 양옆에서는 두 여자가 커다란 부채로 바람을 부쳐 주고 있었다.

그녀들은 바로 부스걸이라 불리는, 부스에서 선수들의 경기 준비를 도와주는 여성들이었다.

마치 격투기 경기의 라운드걸과 같은 역할이라 과도하지는 않지만 섹시한 패션을 하고 있었는데, 그런 두 여자가 마치 조

선시대의 왕실 풍경처럼 이신에게 부채를 부쳐 주고 있는 것이었다.

"깔깔, 저게 뭐야!"

"아, 골 때려."

"근데 존나 잘 어울리네."

관객들의 웃음이 그치질 않았다.

황당해하는 황병철의 반응 때문에 더욱 웃겼다.

—꼴이 그게 뭐야?

—몰라, 나도.

이신의 덤덤한 대꾸에 다시 뒤집어지는 관객들.

영문을 몰라 하지만 어색해하지 않고 자연스럽게 적응한 태도가 딱 이신다웠다.

웃음을 참으며 부채를 부치는 부스걸들에게 황병철이 물었다.

—제 자리는 어디에요?

—저기요.

부스걸 하나가 가리킨 곳에는 낡아빠진 목제 의자가 보였다.

황병철의 만면이 일그러졌다.

—아, 뭐야 저게. 이게 무슨 차별이야? 사람 불러놓고 장난하나.

황병철은 투덜거리면서도 의자를 가져와 이신의 맞은편에 앉았다.

이신은 고개를 끄덕인다.

—어울리네.

—뒈질래?

—나 아파. 때리지 마.

—아, 맞다. 손목 이제 다 나았어?

—어.

—너 다쳐서 의병 제대한 거잖아. 근데 멀쩡하면 다시 입대해서 남은 군복무해야 하는 거 아냐?

—미필 주제에.

—아, 진짜 뒈질래?

—아니.

웃음을 그치지 못하는 관객들.

부채질을 하는 부스걸들도 웃음을 참느라 안간 힘을 쓰는 표정들이었다.

—근데 꼴이 진짜 그게 뭐야? 지금 이거 찍는다고 그 꼴을 한 거야?

—겸사겸사. 개인리그 프로모션 촬영하느라.

—아, 이제 곧 개인리그지. 그럼 그 꼴로 프로모션 영상에 나오는 거야?

—어.

—아 진짜, 안 봐도 비디오네. 넌 거기서 거만 떨고 있고, 나랑 영호랑 영준이가 겁나 진지 빨고 노려보고 있고, 뭐 그런 거

겠지.

—그렇겠지.

—근데 그 영상 예선 광탈하면 못 쓰는 거 아냐? 너 예선부터 다시 뚫어야 하잖아.

—내가 예선 못 뚫을까 봐?

—하긴, MBS가 포스트시즌 못 가니까 개인리그 준비할 시간은 남아돌겠네.

—못 간다고 누가 그래?

—누가 그러긴, 자기 팀 승점 순위를 봐라. 그게 성적이냐? 완전 폭망이던데.

—남은 경기 전부 이기면 돼.

—혼자 경기 뛰냐? 받쳐 주는 선수가 있어야 이기지.

이신은 그런 황병철을 빤히 내려다보다가 입을 열었다.

—너 오늘 4세트에 출전하더라?

—…근데?

—날 피하려고 잔머리 썼던데.

그랬다.

이신의 오늘 출전은 1세트.

하지만 황병철은 예상과 달리 4세트에 출전해서 주디와 붙게 되었다.

—안 피했어, 엔트리가 그렇게 된 거지.

—왜? 나랑 붙는 게 무서워? 그래서 나 대신에 주디랑 싸우

려고 작정하고 고른 거야?

—아니라고, 진짜.

—뭐, 의도야 어쨌건 후회하게 될 거야.

이신이 말을 이었다.

—사실 네가 주디랑 붙게 될 거라고 예상했거든. 다 준비시켜 놨어. 넌 주디 못 이겨.

—너나 신태호 이기고서 큰소리 쳐.

오늘 이신의 상대는 바로 떠오르는 신예인 신태호.

화성전자 팀에 있어 매우 중요한 핵심 선수 중 하나로, 이신이 1세트에 나올 줄은 미처 몰랐기에 내보낸 선택이었다.

소위 '버리는 패'와 이신을 붙이는 엔트리 작전에는 완전히 성공하지 못한 것이다.

두 사람은 한참을 으르렁거린 끝에 헤어지면서 영상이 종료되었다.

영상이 재생되는 동안 잠자코 있던 해설진이 다시 말을 시작했다.

—하하하, 사실은 오늘 개인리그 프로모션 영상 촬영이 있었다고 합니다. 프로모션 촬영을 하다가 아예 그 참에 특별 영상을 찍자는 얘기가 나와서 바로 이렇게 두 선수의 담화를 찍게 되었다고 합니다.

—이야, 정말 추억이 물씬 떠오르네요. 두 선수 예전에 정말 치열하게 맞붙었었죠?

—예, 라이벌이라고 하지만 사실 신에게 대항하려는 인간이라는 구도였죠. 영상에 나온 자리도 보세요. 황금 옥좌랑 나무 의자예요. 딱 저거였거든요.

—어찌 되었든 경기 전 선수 인터뷰는 이 영상으로 대체되었고요, 이제 1세트 경기가 준비되고 있습니다.

—오늘 이신 선수는 1세트에서 화성전자의 떠오르는 신예 신태호 선수를 꺾을 수 있을지, 그리고 황병철 선수는 4세트에서 주디 선수를 이길 수 있을지 많이 기대됩니다. 정말로 욕심 같아서는 3 대 3 스코어 나와서 에이스 결정전 갔으면 좋겠네요. 이런 영상까지 나왔는데, 화성전자가 에이스 결정전에 황병철 선수를 내보내지 않을 수가 없잖습니까?

—그렇죠! 영상에서도 이신 선수가 아예 대놓고 자길 피한 거냐고 디스를 했는데, 정말 에이스 결정전까지 피하면 팬들의 성화가 장난이 아닐 겁니다.

—아무튼 정말 재미있는 영상이었고, 양 선수들 모두 준비가 끝난 것 같습니다.

대형화면에 부스 안에 들어가 경기를 준비하는 이신의 모습이 비춰졌다. 아까의 요란한 차림을 온데간데없고 팀 유니폼 차림이었다.

"와아아아아!"

"카이저! 카이저!"

"이신 파이팅!"

이어서 신태호의 모습도 비춰졌다. 이신만큼은 아니지만 화성전자 팬들이 열띠게 응원했다.

—자, 그럼 1세트 시작합니다!!

Kaiser : 인류

STHo : 인류

맵 : 신성한 잔혼

제5장
파란

신태호.

전 세계를 떠들썩하게 만들었던 이신 습격 사태만 없었더라면, 작년 후반기 프로리그는 이 신태호라는 걸출한 신인의 등장이 화제가 되었을 것이었다.

실제로 이전부터도 실력 좋기로 유명한 연습생으로 관계자들 사이에서는 잘 알려져 있었던 그였다.

하지만 이신 습격 사태로 그의 등장과 활약이 묻혀 버렸고, 이듬해에는 환골탈태한 박영호와 최영준이라는 더 뛰어난 신인의 등장에 가려졌다.

그나마 골수팬들이나 실력 좋은 신인이라고 알아줄 뿐, 큰

인지도를 얻는 데 실패한 신태호는 프로리그에서 신지호와 엄청난 장기전 끝에 승리하고서야 비로소 자기 이름을 알렸다.

디펜스의 황제라 불리며 역시나 장기전에 일가견이 있는 신지호를 상대로 펼친 신태호의 기량은 실로 인상 깊었다.

초중반에는 신지호의 잘잘한 센스에 조금씩 손해를 입고 밀리는가 싶었지만, 후반에 들어갈수록 진가를 보여주었다.

긴 시간이 지났음에도 조금도 지치지 않고 빠릿빠릿하게 플레이하는 신태호.

그날 신지호를 끝내 꺾고서 머신이라는 별명을 얻었다.

그러고는 부진하는 에이스 황병철을 대신해 팀을 먹여 살림으로서 착실하게 명성을 쌓아나갔다.

하지만 아직은 일류급 선수 중 하나로 자리매김했을 뿐이었다.

황병철처럼 팀을 대표하는 스타로 발돋움하려면 인상적인 실적이 있어야 했다.

'바로 지금이 기회야.'

올해로 고등학교 1학년생인 신태호는 굳게 각오했다.

여러 가지 상황을 가정하여 전략을 준비해 왔는데, 바로 이신에게 걸렸을 경우도 포함되어 있었다.

팀의 바람과 달리 이신과 겨루기를 간절히 원했던 신태호.

그는 이미 신지호라는 스타를 꺾고서 크게 인지도를 높인 경험이 있었다.

게다가 황병철이 이단자라는 별명을 얻으며 스타가 된 것 역시 이신이라는 초특급 거물에게서 승리를 따내고부터였다.

제2의 이단자.

이미 화성전자의 차기 에이스로 낙점된 신태호는 이번 기회에 이신을 꺾고서 황병철의 계보를 잇고 싶은 욕심이 있었다.

이미 기량이 예전 같지가 않은 황병철이었다.

만약 이 자리에서 이신을 이긴다면, 그건 꿈이 아니었다.

'못 할 게 뭐 있어? 이신도 프로리그 승률이 100%였던 적은 없었어.'

마침내 게임이 시작되었다.

병영을 짓고 바로 앞마당에 통제사령부를 건설하면서 확장을 시작한 신태호. 무난한 빌드 오더 선택이었다.

그리고 정찰을 보낸 건설로봇이 이신의 본진에 들어갔다.

이신은 병영과 함께 광산에 제철소를 짓고 있었다.

일찍부터 광산에서 광물자원을 채집하려 한다면 이유는 하나였다.

'1기갑 더블?'

바로 기갑정거장을 지어서 고속전차나 기동포탑을 일찍 생산하고서, 그 뒤에 앞마당에 확장 기지를 건설하겠다는 뜻.

신태호가 택한 1병영 더블보다 더 공격적인 빌드 오더였다.

단, 저걸 선택한 이상 이신은 반드시 신태호에게 타격을 입혀야 했다.

그렇지 않으면 앞마당에 확장 기지를 먼저 가져간 신태호에게 자원에서 밀려 갈수록 불리해진다.

'막기만 하면 내가 유리해.'

이신이라면 분명히 고속전차로 찔러 들어올 것이 분명했다.

그렇다면…….

신태호는 기동포탑을 뽑았다. 그리고 기갑부속연구소에서 포격모드 개발을 시작했다.

'항공수송선을 타고 넘어올 수도 있지.'

이어서 무기고를 건설하고, 기계보병도 생산했다.

기계보병은 기갑정거장에서 생산되는 전투 로봇이다.

지상의 적에게 기관총을 쏘고 공중의 적에게 대공 미사일을 쏜다. 특히 대공 미사일의 사정거리가 매우 길고 강력해, 인류가 이 기계보병을 쓰면 상대는 공중 유닛을 쓰기가 매우 곤란했다.

지상으로 난입하려는 고속전차를 기관총으로 쏘고, 하늘에서 드롭을 하려는 항공수송선을 대공 미사일로 격추시킬 수 있는 것이었다.

신태호는 이신의 견제가 들어올 타이밍을 쟀다.

지금쯤 이신은 고속전차가 4기쯤 생산되었을 터였다.

'어서 와봐.'

여유 만만한 신태호.

하지만 신태호가 예상 못 한 것이 하나 있었다.

인류 대 인류 전에 있어서 일반적으로 사용되는 빌드 오더는 1병영 더블과 1기갑 더블, 둘 중 하나.

그래서 신태호는 당연히 이신의 빌드 오더가 1기갑 더블일 거라고 판단해 버린 것이었다.

*　　　　*　　　　*

—2기갑! 이신 선수의 2기갑 빌드가 나왔습니다!

—아, 정말 저 빌드 참 오랜만에 보네요. 요즘 누가 앞마당을 가져가기도 전에 기갑정거장을 2개나 짓습니까?

—고속전차만 생산합니다, 이신 선수. 기동포탑 하나 없이 고속전차로 올인!

—속도 업그레이드를 먼저 했고, 이제 지뢰 개발도 완료되는 대로 행동에 나설 것으로 보입니다!

—물량이 쌓이긴 하는데, 앞마당 가져가는 게 너무 늦었어요. 기필코 타격을 입혀야 합니다, 이신 선수!

일전에도 Player_SIN 아이디로 온라인에서 신지호와 붙었을 때, 2기갑 빌드를 썼다가 낭패를 본 바가 있었다.

그 2기갑을 다시금 시도하고 있는 이신이었다.

8기의 고속전차가 일제히 출발했다.

신태호가 예상한 숫자의 2배였다.

신태호는 분명 특급 선수였다. 확실한 정찰로 이신이 공격에 나선 것을 포착해 냈다.

그런데 정찰에 걸린 이신의 고속전차 숫자가 심히 많았다.

'씨발, 이게 뭐야?!'

기겁을 한 신태호.

이렇게 많을 수는 없었다.

'2기갑?! 이런 미친!'

신태호는 판단이 빨랐다.

즉각 군량고 3개를 품자(品字) 형태로 연결 건설해 앞마당으로 들어서는 통로를 빈틈없이 막아버렸다.

고속전차는 건물을 파괴하는 속도가 매우 느리기 때문에, 심시티(전략적인 건물 배치)로 막아도 충분하다고 판단한 것이다.

그리고 그 뒤에 기동포탑과 기계보병을 배치시켰다. 이미 통로가 심시티로 막혀 버린 뒤에야 이신의 병력이 도착했다.

펑! 펑! 퍼엉!

이신의 고속전차들은 우선 군량고를 건설 중이던 건설로봇 3기부터 처치해 버렸지만 미완성된 건물이라도 바리케이드로서의 역할은 할 수 있었다.

그런데 그 순간,

"우와아아아!"

"꺄아아악!"

관객들이 감탄에 찬 탄성을 터뜨렸다.

'지뢰 비비기'로 고속전차 3기가 바리케이드를 건너 뛰어버린 것이었다.

여러 기의 고속전차가 좁은 공간에서 동시에 지뢰를 매설하려 하면, 그중 몇 기는 공간 부족으로 인해 공중에 떠버리는 버그(bug) 현상이 생긴다.

이때 쉬프트(Shift) 키를 누르고 장애물 뒤편을 마구 클릭하면, 고속전차 몇 기가 장애물 건너편으로 넘어가게 된다.

그것이 지뢰 비비기라 불리는 컨트롤이었다.

매우 까다로운 컨트롤이라 실전에서 쓰는 경우는 거의 없었다.

이신이 바로 그것을 구사한 것이었다.

—우와! 지뢰 비비기로 고속전차를 건물 뒤로 넘겨 버렸습니다!

—기가 막혀서 말도 안 나옵니다! 간혹 시도하는 건 봤지만, 인류를 상대로 이런 게 나올 줄은 몰랐습니다!

군량고 바리케이드를 지뢰 비비기로 건너뛰어 버린 이신의 고속전차 3기.

그 3기는 일제히 지뢰를 매설했다.

신태호의 기동포탑과 기계보병이 공격을 가했지만, 결국 지뢰에 휘말려 폭사되고 말았다.

이신은 지뢰 비비기를 계속 구사하여 고속전차를 안으로 넘겨 버렸다.

신태호의 군량고 바리케이드는 완전히 무용지물이 되어 버렸다. 앞마당에서 일하던 건설로봇들이 고속전차들에게 사냥당했다.

새롭게 생산된 신태호의 기동포탑이 몰아내려 했지만, 지뢰를 마구 깔며 본진까지 휘젓는 바람에 뜻을 이루지 못했다.

—와아아! 이럴 수가 있습니까! 이신 선수, 계속 추가 생산된 고속전차가 도착할 때마다 족족 지뢰 비비기로 넘겨서 안으로 침투시킵니다!

—아니, 무슨 문이 활짝 열려 있는 것도 아닌데 계속 꾸역꾸역 안으로 들어옵니다!

—지뢰 비비기는 규정상 반칙 행위로 등록된 게 아닌데요, 그건 저렇게 자유자재로 마구 써먹을 수 있는 플레이가 아니기 때문이 아니겠습니까? 저건 꽤나 논란이 될 것 같습니다.

—아, 정말 경기를 한 게임씩 치를 때마다 화제가 되는 이신 선수네요.

그야말로 난도질을 당한 신태호는 잔뜩 썩어 들어간 표정으로 GG를 선언했다.

—GG!!

—MBS가 1승을 따내며 순조롭게 스타트를 끊었습니다.

—웬만해서는 장기전이 되어버리는 인류 대 인류 전이 이렇게 일찍 끝날 줄을 누가 알았겠습니까? 그것도 상대는 만만한

선수가 아니었습니다. 화성전자의 미래를 책임질 차기 에이스 신태호였습니다!

부스에서 걸어 나온 이신.

"이신! 이신! 이신! 이신!"

추종자들이 열렬히 그의 이름을 불렀다.

슈퍼 플레이를 선보인 승리였기에, 기세는 확실하게 MBS에게로 쏠렸다.

팀원들과 하이파이브를 하고서 팀 벤치에 앉은 이신.

카메라가 계속 이신을 비추며 관객들의 호응을 이끌어내고 있었다.

그러거나 말거나 자기 자리로 돌아와 한숨 돌린 이신은 옆에 찰싹 붙어 앉아 있는 주디를 불렀다.

"주디."

"네, 코치님."

"방금 게임하다가 전략이 하나 떠올랐어. 지금부터 내가 가르쳐 줄 테니까 황병철 상대로 써."

"네."

이신은 주디에게 빌드 오더를 읊어주기 시작했다.

주디는 눈을 동그랗게 뜬 채 열심히 이신의 말을 듣고 머릿속에 입력했다.

같이 듣던 방진호 감독이 기가 차서 이신에게 물었다.

"그걸 게임 중에 떠올렸다고?"

"예, 고속전차 쓰다가요."

"…진짜 천재냐, 너?"

"그런 것 같습니다."

뻔뻔스럽게 바로 동의하는 이신.

방진호 감독은 재수 없다는 듯이 이신을 쳐다보았다. 천재라는 사실을 부인할 수가 없으니, 더 재수가 없었다.

*　　　*　　　*

2세트에 출전한 정다울은 괴물 플레이어 오창수를 만나 접전 끝에 승리를 거두었다.

화성전자로서는 2세트에 신족이 나올 거라고 예상, 신족의 천적인 괴물을 냈지만 정다울은 이신의 의도대로 대괴물 전의 스페셜리스트로서의 면모를 보이며 오창수를 잡아냈다.

결점이 많지만 괴물에게는 강한 특이한 신족 플레이어인 정다울의 개성을 활용한 엔트리의 성공이었다.

스코어는 2 대 0.

간신히 3세트에서는 1승을 챙겨 스코어를 2 대 1로 만들었지만, 화성전자는 불안감을 느끼기 시작했다.

아직 4, 5, 6세트가 남았다.

이중 한 번이라도 져도 스코어는 3 대 3. 에이스 결정전으로 결판을 짓게 된다.

…에이스 결정전에는 틀림없이 이신이 나온다.

그럼 화성전자는 황병철을 낼 수밖에 없는데, 황병철의 최근 상태로는 이신을 당해낼 확률이 매우 희박했다.

그렇다고 다른 선수를 내자니, 또 이신을 피해 황병철을 도피시켰다고 팬들의 비난을 받게 되는 것이었다.

황병철과 이신을 붙게 하면, 그건 그거대로 문제였다.

져도 어쩔 수 없다 치더라도, 형편없이 져 버리면 팬들의 실망은 또 얼마나 크겠는가?

어떤 선택을 하든 좋지 않은 진퇴양난의 상황이었다.

"병철아, 너 반드시 이겨야 한다."

"알고 있습니다."

감독의 말에 황병철이 고개를 끄덕였다.

황병철도 이제 갓 데뷔한 신인에게, 그것도 외국에서 온 여자애에게 지고 싶은 생각이 없었다.

여자에게 진다니, 그 얼마나 큰 굴욕이란 말인가?

아무리 이신이 직접 공들여 키운 제자라 해도, 실력이 검증된 선수라 할지라도 말이다.

이신은커녕 이신의 제자에게조차도 패배해 버리면, 그건 너무나 심한 추락이었다.

그때는 이신이 너무나 머나먼 존재가 되어버린다.

그러한 두려움을 안은 채 황병철은 부스로 올랐다.

주디는 이신에게 들은 전략을 테스트하느라 준비 시간이

30분이나 걸렸다.

관객들이 빨리 시작 안 하냐고 성화를 부렸지만, 다행히 준비하는 데 시간제한은 없었으므로 주디는 만반의 태세를 마치고서 4세트에 임할 수 있었다.

주디 대 황병철.

인류 대 괴물.

맵은 왕가의 계곡이었다.

주디는 시종일관 표정이 없었다.

어떤 감정의 표현도 없이 차근차근 준비된 빌드 오더만을 올려 나갔다.

주디의 스타팅 포인트는 1시.

황병철은 7시였다.

주디는 정찰을 온 황병철의 일벌레가 본진 안에 들어가지 못하게 보병으로 막아섰다.

보병이 총을 쏴서 일벌레를 쫓아내고, 직후에 주디는 앞마당에 통제사령부를 건설해 확장을 시작했다.

정찰에 실패한 황병철의 일벌레는 시계 방향으로 빙 우회해서 다시금 정찰을 시도했다.

최소한 앞마당에 확장 기지를 짓기 시작한 타이밍이라도 봐야 했다.

하지만 그럴 줄 알았다는 듯, 주디의 보병 2명이 정확히 대기하고 있었다.

투타타타!

—키익!

보병 2명이 일시에 총을 갈기자 일벌레는 뒤로 빠질 틈도 없이 죽고 말았다. 이미 체력이 조금 닳았기 때문이었다.

—아, 황병철 선수, 결국 앞마당도 못 보고 일꾼 한 마리를 잃었습니다. 저러면 기분 나쁘죠!

—예, 기다렸다는 듯이 보병들이 거기에 있었죠. 정말 이신 선수가 제대로 준비시킨 것 같습니다. 거의 이신 선수가 빙의한 것 같았어요.

—하하, 이제 겨우 시작이지만 주디 선수 기분 좋게 출발합니다.

주디는 순조롭게 병력을 모았다.

보병 6명, 의무병 2명, 화염방사병 1명이 모이자, 주디는 슬금슬금 병력을 전진시켰다.

아직 병력이 충분치 않았으므로, 압박에 나서기보다는 그냥 중앙 지역을 돌아다니며 맵 장악을 하기 위해서였다.

병력이 더 충원되면 바로 황병철의 앞마당까지 진군해 압박을 가할 생각이었다.

하지만 그때, 황병철은 바퀴 1마리를 던져서 주디의 병력을 확인했다.

그리고 황병철도 모아놓은 다수의 바퀴들을 움직였다.

—어어, 황병철 선수가 달려갑니다.

—병력을 양분해서 위아래로 배치했습니다. 이거 싸먹습니다! 싸먹을 태세입니다!

—의무병도 있고 화염방사병도 있는데요? 잘못 싸우면 황병철 선수, 방어에 돈을 무진장 써야 합니다!

황병철이 달려들었다.

바퀴들이 위아래 양면에서 일시에 달려들었다.

주디도 빠르게 반응했다.

양쪽에서 덮쳐 싸먹으려는 황병철의 의도를 포착하자마자 병력을 왼쪽으로 빼버린 것.

하지만 하필이면 가장 중요한 화염방사병이 행렬의 맨 뒤로 뒤쳐졌다. 그 순간, 황병철의 바퀴들은 매섭게 화염방사병부터 집중 공격했다.

퍼어엉!

—끄아악!

광역 공격이 가능한 화염방사기를 가지고 있어 바퀴들의 천적이나 다름없는 화염방사병.

하지만 날카롭게 일점사한 황병철의 바퀴 컨트롤에 의해 화염방사병은 허망하게 죽어버렸다.

화염방사병이 없으니 나머지는 문제도 아니었다.

이동 속도가 훨씬 빠른 바퀴들은 집요하게 쫓아가 주디의 병력을 전부 죽이고 말았다.

—와아아! 이단자 황병철! 특유의 공격성을 유감없이 보여줍니다! 정말 잘 싸웠어요!

—이러면 인류의 공격 타이밍이 더 늦어지죠!

주디의 얼굴에 당혹감이 떠올랐다.

"오래 머무르지도 말고 싸우지도 마. 네 컨트롤 가지고는 병영 병력 갖고 황병철 절대 못 당해내."

"그 병력 잃으면 황병철이 계속 물어뜯으려 할 거야."

이신이 당부했던 말들이 떠올랐다.

'좀 더 안전하게 갈걸.'

뒤늦게 후회가 드는 주디였다.

좀 더 병력이 모인 뒤에 한 번에 진출했으면 괜찮았을 터였다.

물론 일찌감치 맵 장악을 하고 상대의 맵 장악을 방해하려는 성실한 플레이였을 뿐이지만, 상대가 황병철이라는 게 문제였다.

이신의 말대로 황병철의 바퀴들은 그대로 주디의 진영으로 돌입했다.

주디는 앞마당에서 식량자원을 채집하던 건설로봇들을 일제히 동원했다.

건설로봇들의 블로킹.

그리고 본진에서 다시 생산된 보병이 언덕 위에서 사격.

하지만 황병철은 블로킹을 아슬아슬하게 돌파하고 바퀴 4마리를 본진 안에 집어넣는데 성공했다.

들어가지 못한 나머지 바퀴들은 건설로봇 몇 기를 잡고서 산화했다.

—본진에 난입했습니다! 저러면 주디 선수의 빌드를 다 확인할 수 있죠!

—4병영 체제로 병력을 뽑으면서 기갑정거장을 건설하는 것을 전부 다 보여주고 말았습니다!

본진에 난입한 바퀴 4마리를 전부 진압되었지만, 이미 타이밍도 늦어지고 빌드도 들통 난 상황.

황병철은 여유 있게 11시의 스타팅 포인트에 확장 기지를 건설했다.

스타팅 포인트는 다른 지역보다 자원 매장량이 풍부하기 때문에, 자원을 많이 소모하는 괴물에게는 스타팅 포인트를 차지하는 것이 매우 중요했다.

그래서 이신도 주디에게 스타팅 포인트를 3개 이상 안 주면 인류가 무조건 이긴다고 말한 것이었다.

처음 시작한 7시와 새로 차지한 11시까지, 황병철이 가져간 스타팅 포인트는 총 2군데.

괴물의 확장 속도가 너무 빨랐다.

주디가 압박을 가해서 방어에 돈을 쓰게 만들지 못했기에 벌어진 결과였다.

—아, 주디 선수! 한 번의 실수가 너무 큰 손해로 다가왔습니다. 황병철 선수는 이제 11시에 확장 기지를 펴고 있는데요, 저걸 저지할 여유가 없습니다!

—이제 황병철 선수가 쐐기충을 뽑고 있거든요. 쐐기충이 날아다니며 본진 테러를 가할 텐데, 그걸 막으려면 또 대공포를 여기저기 건설해서 방어해야 하거든요! 주디 선수는 저 11시 확장을 저지할 수가 없습니다!

해설진의 설명대로였다.

주디는 본진과 앞마당에 대공포를 설치하며 쐐기충의 습격에 대비했다.

그 탓에 병력 생산에는 잠시 차질이 빚어져 황병철의 확장을 어찌할 수 없었다.

하지만 주디는 냉정을 되찾았다.

아직 전략이 드러난 것은 아니었다. 차분하게 한 걸음 한 걸음, 가야 할 길을 가면 된다.

조금 더 힘들어졌어도, 아직 진 건 아니다.

황병철의 쐐기충들이 하늘을 날며 주디의 진영에 당도했다.

하지만 대공포들이 건설된 위치는 매우 탁월했다. 심시티의 교과서와 같은 이신에게 훈련받은 결과였다.

황병철의 쐐기충은 별다른 소득을 거두지 못하고 그냥 물러나버렸다.

물론 성과가 없다고 할 순 없었다. 그렇게 상대가 대공포를 여기저기 설치해 자원을 쓰게 만든 것 자체가 이득이니 말이다.

하지만 황병철은 매우 공격적인 프로게이머였다. 하물며 아까의 전투에서 큰 성과를 거둔 뒤라, 어떻게든 계속 몰아붙여서 승기를 더 확실하게 굳히고 싶었다.

게다가 주디의 병력이라고는 보병과 의무병, 화염방사병밖에 없었다. 아직 전술위성은커녕 기동포탑도 이제 뽑고 있었다.

해볼 만하다.

판단이 선 황병철은 병력을 끌어 모았다.

쐐기충과 촉수충, 바퀴들이 주디의 진영 앞에 밀집했다.

공중에서는 쐐기충이, 지상에서는 바퀴들이, 땅속에서는 촉수충이 공격해 주디를 끝장내 버리겠다는 의도였다.

주디의 앞마당 확장 기지만 밀어버려도 사실상 게임은 끝이었다.

—달려드나요? 달려드나요?!

—달려들었습니다! 황병철이 마침내 덤벼들었는데… 어어?!

해설진이 놀라 고함을 질렀다.

그럴 수밖에 없었다.

땅속에서 지뢰 4개가 튀어나와 황병철의 지상 병력을 잡아먹었기 때문이었다.

퍼어어엉! 퍼엉! 펑! 퍼엉!

촉수충과 바퀴들이 지뢰에 휘말려 떼 몰살을 당했다.

그와 동시에, 주디가 다시 모은 병영 병력이 뛰쳐나와 하늘에 떠 있어 지뢰에 당하지 않은 쐐기충들까지 공격했다.

황병철은 재빨리 퇴각했다.

대형화면에 잡힌 황병철의 표정은 딱딱하게 굳어 있었다.

계산상으로는 지금쯤 인류는 기동포탑 한두 기나 겨우 생산된 상태여야 했다.

그런데 고속전차라니? 지뢰라니?

그럼 기동포탑은 어디에 있단 말인가?

황병철이 제대로 판단을 못 하고 있을 때, 주디는 그대로 반격에 나섰다.

한번 뛰쳐나온 보병·의무병·화염방사병 부대가 그대로 7시의 황병철의 본진으로 돌격했다. 촉수충이 매복해 있을까 봐 레이더를 찍어 확인해 가며 질풍처럼 달렸다.

병력을 크게 잃은 황병철은 일단 앞마당에 촉수탑 3개를 건설해 방어 태세를 갖춰놓았다.

황병철의 앞마당까지 당도한 주디는 촉수탑 3개와 하늘에 떠 있는 쐐기충들을 보고는 미련 없이 물러나, 이번에는 9시로 달렸다.

9시 지역에도 황병철의 확장 기지가 있었다.

황병철은 그곳에도 촉수탑 2개를 심고, 쐐기충으로 계속 쫓아다니며 치고 빠지기를 반복해 주디의 병력을 조금씩 갉아먹었다.

그런데 그때였다.

—고속전차의 견제!

—지뢰를 다 매설한 고속전차로 11시 지역을 습격한 주디스 레벨린 선수! 7시에 이어 9시를 압박하면서 11시에 비수를 찌르는 견제! 와아, 정말 물 흐르듯이 펼쳐지는 플레이입니다!

—저렇게 공격이 한 번으로 끝나지 않고 이어지는 게 이신류의 플레이죠! 정말 신의 제자답습니다!

촉수충들이 11시에 난입해 일벌레를 사살하던 고속전차들을 격퇴했다. 하지만 일벌레가 6마리쯤 잡혀 버렸고, 무엇보다도 순식간에 주디에게 주도권을 빼앗겨 끌려다는 것이 황병철의 자존심에 상처를 입혔다.

'이 건방진!!'

황병철은 계속해서 매섭게 쐐기충을 컨트롤해 주디의 병력을 갉아나갔다. 쐐기충들이 쐐기를 쏘고 빠질 때마다 보병들이 2, 3명씩 죽어나갔다. 분노가 잔뜩 들어간 컨트롤이었다.

주디는 병력을 후퇴시켰다.

황병철은 퇴로에 촉수충을 몰래 심어놓았지만, 주디는 마치 알고 있다는 듯이 시계방향으로 멀리 우회해 버렸다.

이신에게 주입받은 대황병철 대처법이 몸에 완전히 익은 모습이었다.

바퀴와 촉수충을 대동하고서 공격하려 했지만, 이동을 할 때마다 지뢰가 튀어나와 도리어 폭사당했다.

황병철을 순간적으로 강하게 압박하면서, 주디는 이미 맵 사방에 지뢰를 매설하기 시작한 것이었다.

사기 유닛이라 불리는 고속전차가 빠른 속도로 맵을 활보하기 시작한 것.

인류의 꽃, 기갑 체제였다.

—정말 폭풍 같았던 3분입니다!

—주디 선수가 준비해 온 전략이 정말 탁월하네요. 기동포탑 대신 고속전차를 먼저 뽑아서 지뢰를 매설해 방어선을 펼쳐나가며 기갑 체제로의 전환! 이 발상을 도대체 누가 떠올린 걸까요? 이신 선수인가요, 주디 선수인가요, 방진호 감독인가요?

—얼마 전에 이신 선수가 박영호 선수와 혈투를 벌였을 때, 기동포탑보다 고속전차를 먼저 뽑아 박영호 선수로 하여금 예상 못 한 지뢰를 밟게 만들었잖습니까? 저건 이신 선수의 머리에서 나온 전략 같네요. 정말 대단합니다!

괴물을 상대할 때, 인류 기갑 체제의 요체는 다름 아닌 지뢰였다.

고속전차가 끊임없이 매설하고 다니는 지뢰가 괴물의 무서운 병력 생산량을 감당하게 해준다.

그리고 끝내는 괴물이 먼저 자원 고갈로 나가떨어지게 만드는 것도 지뢰다.

이신은 그 점에 착안하여, 고속전차부터 빠르게 뽑아서 신속하게 병영 체제에서 기갑 체제로 전환하도록 지시한 것이다.

주디의 강점이 발휘되었다.

꼼꼼함.

부지런히 고속전차를 생산하고 움직여 주요 길목 곳곳에 지뢰를 매설했다. 지뢰로 맵 전체를 거의 도배하다시피 하니, 황병철의 지상유닛들이 좀처럼 다니기가 힘들었다.

그러면서 하나둘 차근차근 확장 기지를 늘려 나가는 주디.

그 꼴을 가만히 보고만 있을 황병철이 아니었다.

황병철은 매섭게 공격을 퍼부어 주디의 새로운 확장 기지를 공격했다.

끈기의 싸움이었다. 주디는 입력된 프로그래밍에 따라 움직이는 기계처럼 냉철하게 대응했다.

건물을 공중에 띄우고, 일꾼을 대피시키고, 공격 들어온 황병철의 병력을 잡아먹는다.

그리고 다시 띄운 건물을 내리고, 대피시킨 건설로봇들을 다시 되돌려 일을 시키고, 방어 태세를 다시 갖춘다!

그 같은 공방이 계속되었다.

대형화면에 잡힌 주디는 지친 듯 이마에 땀이 맺혀 있었지만 여전히 침착했다. 반면 황병철은 정신적으로 매우 지쳐 가는 눈치였다.

엄청난 장기전!

근성으로 어떻게든 계속 몰아쳤지만, 주디의 끈질긴 디펜스에 계속 숨통을 끊는 데 실패했다.

결국,

—predator : GG

—황병철 선수 GG!

—엄청난 혈전 끝에 마침내 주디 선수가 놀라운 일을 해냈습니다! 올해 갓 데뷔한 신예가 황병철을 잡다니요! 저 이단자 황병철을, 신의 제자가 꺾었습니다!

지친 것도 잊었는지, 부스에서 나온 주디는 기뻐서 팔짝팔짝 뛰며 이신의 품에 안겨들었다.

이신은 피식 웃으며 주디를 쓰다듬어 주었다.

그 모습은 대형화면에 잡히며 경기장이 쩌렁쩌렁한 함성으로 가득 채워졌다.

4라운드 3차전에서 일어난 파란이었다.

제6장

개인리그

스코어 4 대 1.

사기가 꺾일 대로 꺾인 탓일까, 화성전자는 5세트에서 셧아웃을 당했다.

MBS의 다섯 번째 선수로 출격한 최찬영은 화성전자의 인류 플레이어 왕찬수를 꺾어 경기를 끝내 버렸다.

이신의 연습 상대를 해주다가 상승한 최찬영의 대인류 전 기량.

이를 염두에 둔 방진호 감독은 최찬영의 상대로 인류를 붙이는 데 성공했다. 2세트 정다울에 이어 4세트에서도 원하는 매치를 성사시켰기 때문에 이번 경기에서 방진호 감독의 엔트리는 성공적이었다고 평가되었다.

그리고 놀랍게도 월드 SC 협회 측에서 요번 MBS와 화성전자의 4라운드 3차전 경기에 대해 인터뷰를 요청했다.

월드 SC 협회 공식 홈페이지 메인 페이지에 게재할 인터뷰였다.

사실 1년 전에는 그다지 이례적인 일이 아니었다.

이신의 지난 현역 시절에는 이런 인터뷰가 자주 있었다.

세계 e스포츠의 정점, 절대무적의 프로게이머가 바로 이신이었으니 당연했다.

심지어 이신이 공군 프로 팀 소속으로 활동할 때는 군 복무 제도가 한국의 프로게이머들에게 미치는 영향에 대한 기사가 월드 SC 협회 홈페이지에 실리기도 했다.

아무튼 이번 인터뷰는 4라운드 3차전 MBS 대 화성전자의 경기에 출전했던 선수 10명이 인터뷰를 했는데, 역시나 집중적으로 다뤄진 주인공은 이신이었고 조역은 바로 '신의 제자' 주디였다.

월드 SC 협회 메인 페이지에 올라갈 화보 촬영도 있었는데, 이신은 요청을 받아들여 촬영에 성실히 임하였다.

"이걸 또 입습니까?"

이신이 눈살을 찌푸렸다.

개인리그 프로모션 촬영 때 입었던 그 복장, 새하얀 턱시도와 붉은 망토를 내미는 촬영 팀이었다.

"카이저의 귀환이라는 콘셉트에 잘 어울리는 복장이라고, 꼭 찍고 싶다고 합니다."

한국인 통역가가 미국에서 온 포토그래퍼의 말을 통역해 주었다.

포토그래퍼라는 흑인 사내는 빙긋 웃으며 손을 살랑살랑 흔들어 보인다.

표정이나 손짓이나 패셔너블한 옷차림까지 영락없는 게이였는데, 실제로 그의 성적 취향이 어떠한지는 이신이 알 바가 아니었고 상관도 안 했다.

혀를 차며 귀찮음을 대놓고 표현했지만, 이신은 순순히 요구대로 그 복장을 입었다.

이렇듯 e스포츠의 홍보를 위한 일에는 의외로 성실히 요구에 임하는 이신이었다.

한국 e스포츠 협회의 지원을 받은 건지, 아예 개인리그 프로모션 촬영에 쓰였던 그 황금 옥좌까지 보였다.

악마군주 그레모리나 앉을 법한 그 화려한 옥좌에 앉았다.

얼굴 표정에 한껏 드러나는 귀찮음을 어찌할 바가 없었지만, 도리어 흑인 포토그래퍼는 더욱 좋아하였다. 통역가의 말에 의하면 까칠한 표정이 더 느낌이 잘 산다는 것이었다.

'역시 이상한 놈이군.'

자신이 무심하고 까칠한 이미지로 널리 알려져 있다는 것을 모르는 이신으로서는 의아할 따름이었다. 그냥 예술가는 다 저런가 보다 하고 신경 끌 뿐이었다.

그런데 잠시 후, 함께 촬영장에 온 주디가 나타났다.

"코치님!"

주디는 이신 못잖게 화려하기 짝이 없는 드레스를 입고 있었다. 마치 영화에서나 나올 법한 공주의 모습이었다.

본래 서양인인 주디라서 그런지 그러한 차림이 더 잘 어울렸다.

흑인 포토그래퍼는 주디에게 손짓해서 이신의 옆에 서게 했다.

옥좌에 삐딱하게 앉은 이신.

그리고 그 옆에 서서 그의 어깨에 손을 올려놓은 주디.

마치 어느 왕실의 가족 초상화 같은 장면이 카메라에 담겨졌다.

"세상에."

"진짜 잘 어울린다."

"와, 내가 저렇게 입으면 완전 상병신일 텐데."

"역시 패션의 완성은……."

촬영장의 한국인 스태프들이 수군거리며 감탄을 했다.

이윽고 흑인 포토그래퍼가 엄지를 치켜들며 오케이 사인을 냈다.

그러고는 찍힌 사진을 두 사람에게 보여주었는데, 몽환적인 분위기가 느껴지는 그 사진을 보며 이신은 새삼 흑인 포토그래퍼를 달리 보게 되었다.

그냥 이상한 놈이 아니라, 문외한인 이신의 눈에도 확실히 실력이 있어 보였다.

주디는 멍하니 그 사진을 바라보며 아무 말도 하지 못했다.

벌어진 입을 다물지 못하고 그 사진을 아주 뚫어져라 쳐다봤다.

한참을 사진에 홀려 있던 주디는 이윽고 뭐라고 영어로 흑인 포토그래퍼에게 요구를 했다.

흑인 포토그래퍼는 알겠다는 듯 고개를 끄덕이더니, 촬영을 다시 시작했다.

촬영이 끝난 줄 알았던 이신은 의문을 느꼈지만 순순히 시키는 대로 했다.

두 사람의 포즈가 어째 점점 이상해졌다.

주디는 이신의 발치에 앉아 그의 무릎에 몸을 기대는가 하면, 옥좌 팔걸이에 걸터앉고 그의 품에 몸을 맡기기도 했다.

점점 연인 무드로 변해 가는 포즈에 이신은 의아할 따름이었다.

이윽고 촬영이 끝나고 흑인 포토그래퍼는 주디에게 사진들을 보여주었다.

주디는 팔짝팔짝 뛰며 좋아했고, 그의 뺨에 키스를 해주었다.

"뭐라는 겁니까?"

"에, 잘 모르겠네요."

무슨 이유인지 통역사는 이신의 질문에 답하지 않고 얼버무렸다.

이신은 영문을 모른 채 인터뷰 내내 희희낙락한 주디의 모습을 보아야 했다.

*　　　*　　　*

인터뷰는 월드 SC 협회 홈페이지 메인에 올라갔다.

그리고 각국에 번역되어서 널리 퍼져 나갔다.

돌아온 절대자 이신은 단연 세계 e스포츠의 화두였다.

특히나 중국·유럽·미국 등은 보다 규모가 큰 프로리그와 우수한 선수 보호 환경을 지니고 있음에도 넘어설 수 없었던 이신의 불가사의한 강함을 경외하고 있었다.

때문에 이신의 부활을 널리 알리는 이번 인터뷰에 폭발적인 반응을 보였다.

인터뷰 내용은 다음과 같았다.

카이저가 돌아왔다.

세계를 충격에 빠뜨렸던 습격 사건의 아픔을 딛고, 그는 다시 돌아왔다.

다시 돌아온 그는 우리를 실망시키지 않고 과거처럼 대단한 실력을 보여주었다.

그렇다. 그는 여전히 우리가 알던 그 카이저였다.

게다가 카이저는 제자까지 데리고 나타났다. 신의 제자라는 별명으로 통하는 주디스 레벨린이다.

도대체 어떻게 카이저 같은 위대한 선수가 탄생한 것일까?

단지 타고난 재능의 승리인가?

어쩌면 그의 제자 주디스 레벨린을 통해서 그 해답을 얻을 수 있을 지도 모른다.

다음은 이신과의 문답이다.

Q. 복귀한 기분이 어떤가?

—좋다. (그는 여전히 짧은 단답형의 대답을 즐겼다. 그래서 집요한 질문으로 더 많은 대답을 요구해야 했다) 다시 게임을 할 수 있어서 기쁘다.

Q. 최근의 경기에서 속칭 지뢰 비비기 컨트롤을 선보였다. 그걸로 신태호의 전략적인 건물 배치를 무용지물로 만들었는데, 게임의 버그를 이용한 컨트롤로 상대의 전술을 분쇄했으니만큼 논란이 있을 것 같지 않은가?

—논란이 될 것 같지 않다. (역시나 더 긴 대답을 요구해야 했다) 난 규정에 어긋난 플레이를 하지 않았다. 이게 문제라고 생각된다면 협회에서 패치와 새 규정을 내놓을 것이고, 그렇지 않으면 놔둘 것이다. 난 주어진 선에서 내가 할 수 있는 최선을 다할 것이다. 그뿐이다.

Q. 복귀 후 공식전과 비공식전을 포함해서 마이클 조셉, 이철한, 박영호, 신태호 등 하나같이 만만치 않은 강자를 줄줄이 꺾었다. 대체 어떻게 그렇게 강할 수 있는 것인가?

—훈련.

Q. 특별한 훈련 방식이 있나?

—없다. 그저 마음먹기의 문제 같다.

Q. 정신적인 측면이라면, 명상 같은 훈련이 비결이라는 것인가?

—그렇다. 나는 경기를 앞두면 항상 명상을 한다. 상대를 골탕 먹이고 싶고 형편없이 박살 내고 싶은 악의를 끌어올린다. 악의로 가득 찬 인간은 그 악의를 실현하기 위해 다양한 창의적인 발상을 하게 된다. 전쟁이 과학을 발전시킨 것처럼 말이다.

Q. 으스스한 말이다. 평소에도 그렇게 남을 미워하나?

—난 소시오패스가 아니다. 그래서 명상이 필요한 것이다.

Q. 마이클 조셉과 라스베이거스에서 치른 이벤트 매치에 대해서도 질문을 하고 싶다. 놀랍게도 그때 2세트에서 신족을 골라 그를 압도했다. 신족을 따로 훈련한 것인가?

—최영준을 분석하기 위해 신족을 플레이해 보다가 재미 붙였다.

Q. 앞으로의 공식전에서도 신족으로 플레이할 의향이 있는가?

—있다. 딱히 작심하고 훈련한 건 아닌데, 생각보다 내 신족 플

레이 실력이 괜찮아서 충분히 써먹을 수 있다.

Q. 인류에 이어 신족까지 잘하다니 놀랍다. 설마 괴물도 생각이 있나?

—긍정적으로 생각해 보겠다.

다음은 주디스 레벨린과의 문답이다.

Q. 레벨린 가문의 상속녀라는 범상치 않은 신분을 가지고 있는데, 어떻게 해서 한국까지 와서 프로게이머가 되었는가?

—나는 코치님의 열렬한 팬이다. 코치님을 보다 더 잘 알고 싶어서 플레이를 흉내 내게 되었고, 실력이 붙을수록 점점 욕심이 생겨서 한국에 오게 되었다. 같은 나라 같은 팀에서 선수 생활을 하고 싶었다.

Q. 소원을 성취한 것을 축하한다. 현재 신의 제자라는 별명으로 통한다. 이 별명에 대해 동의하나?

—동의한다. 내 플레이는 100% 코치님이 만들었다.

Q. 어떤 훈련을 받고서 그렇게 단시일에 강해졌는지 궁금하다.

—코치님께서는 무조건 자기 말대로 하라고, 나는 내 자의적인 판단이 필요 없는 코치님의 아바타라고 말씀하셨다. 그래서 처음에는 유닛을 뽑고 공격하고 건물을 어디에 짓는 것까지 모두 코치님의 지시대로 따르기만 했다. 코치님이 입으로 게임을 하고 나는 도구처럼 행동에 옮기는 식이었다.

Q. 그런 훈련법은 처음 들어본다. 정말 그걸로 그렇게 강해졌

는가?

—그렇다. 코치님의 말씀은 언제나 옳다. 말씀하시는 대로만 하면 난 계속 강해질 수 있다.

Q. 지나치게 의존하게 되면 자신만의 스타일과 주관을 가질 수 없을지도 모른다는 우려가 드는데?

—난 코치님이 가르쳐 주신 것만 기억하면 된다. 코치님의 말만 생각나게끔 머릿속에서 나를 지우고 있다.

Q. 얼마 전에는 스승인 카이저의 오랜 적수였던 황병철(predator)을 격파했다. 소감이 어떤가?

—너무나 기쁘지만 자만하지 않는다. 코치님께서 말씀하시기를…….

모든 e스포츠팬들을 즐겁게 만든 이벤트와 화보가 화제가 되고 있을 무렵, 더없이 침울해진 사람 또한 있었다.

황병철은 굳은 표정과 싸늘한 눈빛으로 PC 모니터를 바라보고 있었다.

모니터에는 지난 경기의 VOD 영상이 재생되고 있었다.

—달려드나요? 달려드나요?!

—달려들었습니다! 황병철이 마침내 덤벼들었는데… 어어?!!

해설진의 비명.

지뢰 4개에 휘말려 상당수 폭사된 촉수충과 바퀴들.

"병신 새끼."

황병철은 기가 차서 중얼거렸다.

저건 자신이 아니었다.

예전의 자신이었다면, 지뢰가 나타난 순간 반사적으로 병력을 산개시켰을 터였다. 그러면 피해를 저것의 절반 이하로 줄일 수 있었을 터. 그런 반사 신경과 컨트롤이 예전의 자신에게는 있었다.

장기전으로 치달으면서, 상대의 새 확장 기지를 집요하게 공격하는 자신과 이를 막는 주디의 디펜스가 보였다.

건물을 띄우고 일꾼을 후퇴시키고, 공격을 막아낸 뒤에 다시 복구시키기를 반복했다. 황병철의 파상 공세를 감당해 내면서도 그 확장 기지의 자원을 모조리 다 파먹어 버렸다.

엄청난 근면성실함.

황병철이 자원 고갈로 먼저 나가 떨어졌다.

"머저리 같은 놈……."

황병철은 치를 떨었다.

상대의 확장 기지를 공격하는 건 자원 공급에 타격을 입혀 유리한 고지에 서겠다는 의도.

하지만 그건 진정한 자신이 아니었다.

'본진을 쳤어야 했는데.'

병력이 끊임없이 생산되는 주디의 본진, 기갑정거장 밀집 지역을 쳤어야 했다.

적 심장부를 밀어버려 한 방에 승부를 냈어야 했다.

그게 이단자 황병철의 승부사 기질이었다.

한데, 저게 뭐란 말인가?

타격을 입혀 운영상의 이익을 챙기려는 가벼운 잽의 연속.

위험을 감수하고 승부에 뛰어들려 하지 않는 위축된 자신이 보였다.

'어쩌다 이렇게 됐을까?'

황병철은 진지하게 고민했다.

이대로는 안 된다는 생각이 들었다. 문득 이신의 인터뷰 내용이 떠올랐다.

나는 경기를 앞두면 항상 명상을 한다. 상대를 골탕 먹이고 싶고 형편없이 박살 내고 싶은 악의를 끌어올린다.

실소가 나온다.

그럼 여태까지 그런 악의(惡意)로 자신을 박살 내왔다는 뜻이 아닌가.

"말 한 번 잘했다, 이 씨발 새끼."

으드득 이를 갈며 황병철이 으르렁거렸다.

가슴 깊은 속에서 부글부글 분노가 끓어오르기 시작했다.

오장육부를 다 태우고 숨을 턱턱 막히게 만드는 깊은 증오였다.

복수를 하지 않고서는 견딜 수가 없을 것 같았다.

'개인리그다.'

황병철은 곧 시작되는 개인리그를 염두에 두었다.

복수의 장은 그곳밖에 없었다.

프로리그에서 이신을 이긴 사람은 있었다. 이신도 승률이 100%는 아니니까. 깜짝 전략이 성공을 거두어서 이신에게서 승리를 거두는 경우가 왕왕 있었다.

하지만 개인리그의 최소 3판 2선승제나 5판 3선승제인 다전제 대결에서 이신을 이겨본 사람은 여태껏 없었다.

여러 차례 붙는 다전제에서는 수 싸움이 무엇보다 중요한데, 그 수 싸움에서 이신은 져 본 적이 없는 것이었다.

'연습해야지.'

연습밖에 답이 없었다.

마우스를 클릭하는 검지 끝이 아플 정도로 연습하던 때가 있었다. e스포츠의 괴물 이신의 무패행진에 처음으로 제동을 걸었던 그 시절이었다.

오늘 하루 휴식을 얻은 황병철이었지만, 그는 가만히 있을 수 없어 자리에서 일어나 연습실로 향했다.

"어? 병철이 형."

"형, 오늘 쉬는 날 아니에요?"

연습실에 도착하자 후배들이 인사를 했다.

황병철은 주위를 둘러보다가 신태호를 발견했다.

"아 씨발, 그건 정말 반칙 수준 아니에요? 심시티로 제대로

막았는데 그렇게 넘어오면 게임이 뭐가 돼? 그것만 아니었으면 내가 이기는 거였는데."

신태호는 한창 동료 선수들과 떠들고 있었다.

지난번에 이신에게 패한 게 억울하다고 피력하고 있었다.

"또 상대가 이신이니까 그냥 쉬쉬하고 눈감아주는 거 아니에요? 그렇게 찜찜한 경기 여럿 있었잖아요. 신이 갑이니까 그냥 아무도 태클 못 걸고……."

"야."

"어? 형, 오셨어요."

그제야 인사를 하는 신태호.

황병철은 차가운 눈으로 내려다보며 말했다.

"어디서 변명질이야? 비비기로 처음 넘어온 고속전차 3기가 지뢰 박을 때 넌 뭐했는데?"

"아니, 형, 그게……!"

"무빙 하면서 지뢰 일점사 했으면 지뢰 3개 다 제거할 수 있었어. 근데 넌 그거 못 했잖아. 입구에도 블로킹 못 해서 본진에 난입하는 거 허용하고."

"……."

"그 타이밍에 이신은 항공수송선 나왔었어. 원래의 이신이었으면 2기 정도는 따로 빼뒀다가 항공수송선에 태워서 벽 타고 넘어와서 본진 드롭을 했어. 그렇게 본진이랑 앞마당 동시에 털어버리는 게 이신의 원래 플레이인데, 네 디펜스가 병신이니까 그럴 필요도 없었던 거라고."

꿀 먹은 벙어리가 된 신태호.

황병철이 분노로 잔뜩 일그러진 얼굴로 말을 이었다.

"뭐? 그래놓고서 네가 이신을 이겨? 그게 그렇게 쉬워 보였어? 주변에서 잘한다, 잘한다 해주니까 정말 공짜로 최고가 될 수 있을 줄 알았어? 내가 너처럼 차세대니 유망주니 소리 듣다가 어느 순간 양민 된 놈들 한둘 본 줄 알아? 어?!"

"…죄송합니다."

신태호는 고개를 푹 숙인 채 대답했다.

화를 내던 황병철도 한숨을 쉬었다.

"씨발, 내가 무슨 남 얘기처럼 하고 있냐. 그날은 그냥 너나 나나 다 병신이었던 거야. 그건 인정하자. 그래야 더 연습해서 다음에는 이기지."

"네, 형."

황병철은 신태호의 어깨를 툭 쳤다.

"나랑 연습하자. 슬슬 개인리그 준비해야지. 다전제에서 그 새끼를 꺾어야 진짜 이기는 거야."

"네."

신태호는 벌떡 일어나 자기 자리에 앉았다.

그제야 다른 선수들도 부랴부랴 자리로 돌아가 연습을 시작했다.

독기에 차오른 황병철과 방금 욕을 먹고서 역시나 독이 오른 신태호. 자연스럽게 화성전자 팀 내부에 뜨거운 훈련의 열기가 조성되기 시작했다.

한편, 신태호는 황병철의 연습 상대가 되어주면서 놀라움을 금치 못했다. 말도 못하게 날카로운 공격을 펼치는 황병철의 플레이에서 분노가 느껴졌다.

그 분노가 누구를 향하고 있는지는 말할 필요도 없었다.

'그래, 나도 이번에는 결승 진출까지 노려봐야지.'

이신은 말할 필요도 없고, 쌍영도 있고 지금 상대하는 황병철도 있었다. 꿈에 그리는 정상에 오르기까지 넘어야 할 산이 너무 많았다.

신태호도 열띤 자세로 황병철과 치고받고 싸우기 시작했다.

평소에는 잘 하지 않던 세밀한 컨트롤까지 신경 쓰며 날선 플레이로 황병철을 상대했다.

*　　　*　　　*

이맘때쯤이 팀과 선수 간의 불화가 잘 일어나는 시기였다.

개인리그는 선수 개개인의 성적이지 팀의 성적과는 관계가 없다.

때문에 팀의 프로리그 성적이 중요한 감독 및 코치진과 개인리그에서 좋은 성적을 거둬 팬들의 사랑을 받고 싶은 선수들의 심리가 충돌한다.

4라운드는 팀이 포스트시즌에 진출할 수 있을지를 가리는 중요한 고비였다.

당연히 팀으로서는 선수들로 하여금 프로리그를 대비한 훈련을 시켜야 했고, 반면 선수들은 자신이 스타가 될 수도 있는 개인리그를 준비할 시간을 원했다.

하지만 MBS의 선수들은 분위기가 사뭇 달랐다.

그동안 워낙에 죽을 쒀놔서 연봉 도둑이 되어버린 MBS의 주축 선수들은 죄책감에 프로리그에 더욱 매진하였다.

어차피 예전에도 팀의 에이스였던 신지호를 제외하면 개인리그에서 성적을 거둘 수 있는 선수도 없다시피 했다.

개인리그 준비를 해야 한다며 방진호 감독과 드잡이를 벌이던 신지호를 제외하면 딱히 이렇다 할 갈등도 없었다.

방진호 감독은 선수들 개개인을 위해 많은 배려를 해주었기 때문에, 선수들도 어떻게든 포스트시즌에 진출하고 싶었다.

"4라운드에서 우리 팀 떨어지면 지원금 더 줄어들 거 아냐?"

"지금도 방송국 윗대가리들은 우릴 쥐어짜지 못해서 안달이라는데."

"그나마 감독님이 커버 치고 있어서 이 정도지……."

"이신 코치님 말고는 진짜, 우린 다 뒈져야 돼."

"씨발, 개인리그고 나발이고 다음 경기 준비나 하자."

"어차피 연봉은 프로리그 성적 갖고 매기는 거지 개인리그가 밥 먹여주냐."

MBS 선수들은 한마음이 되어서 훈련에 임했다.

MBS 방송국은 작년까지만 해도 종편 채널로 프로리그 경기를 방영하는 등 e스포츠 사업에 나름대로 투자하고 있었다. MBS 프로 팀도 e스포츠 사업의 일환으로서 출범한 것이었다.

때마침 이신이라는 불세출의 탄생과 맞물려 MBS는 크게 재미를 봤다.

이신이 개인전에서 무패 금메달을 달성해 전 세계를 충격에 빠뜨리자, 한국인의 관심이 다시 e스포츠로 모여든 것이었다.

시청률이 고공행진을 했고, 이참에 아예 공중파 방송으로 경기를 방영하자는 의견까지 나왔다. 하지만 MBS 방송국은 끝끝내 e스포츠의 가능성을 얕잡아보았다.

해외에서는 벌써부터 온라인 유료 관람 시스템이 구축되어서 많은 수익을 올리고 있었지만, e스포츠 관련 파트를 맡은 MBS의 낙하산 인사는 계속 이대로 종편 채널에서 방영하며 광고 수익을 올리는 것을 최선이라고 판단했다.

그리고 이신 습격 사태가 발발하면서 나라가 시끄러워지자, 더더욱 e스포츠에 대한 의욕이 저하.

결국 IT미디어그룹 올도어에게 프로리그 및 개인리그 방송권을 빼앗겼다. 이신 때문에 나라가 시끄러운 바람에 의욕이 저하되어 있었던 MBS는 떠넘기다시피 포기해 버렸다.

인터넷 강자인 올도어 그룹은 유료 관람 시스템을 신속하게 도입해 대성공을 거두었다. 이는 이신교의 교주이기도 한 올도어 부사장 지수민의 작품이었다.

한국인은 냄비 근성이라 이신과 함께 팬들도 떠날 거라고 생각했던 MBS. 하지만 올도어는 마치 보란 듯이 엄청난 수익을 기록해 버렸고, 이로 인하여 MBS는 더더욱 e스포츠를 싫어하게 되었다.

e스포츠 방영권을 포기한 것이 실책이 되지 않으려면, MBS 프로 팀이 좋은 실적을 내서는 안 되는 기이한 사태가 발생한 것이었다.

상부에서 지원을 해주지 않아 에이스 신지호를 포기해야 했던 사태도 이 같은 사정이 작용했다.

이신을 코치로 영입했던 것도, 선수 복귀가 힘든 이신을 은퇴시키고 방송계로 빼낼 생각이 농후했다. 이신의 정식 은퇴가 한국 e스포츠의 쇠퇴를 알리는 신호탄이 될 거라는 야비한 생각에서였다.

아무튼 e스포츠에 대한 상부 경영진의 비열한 태도는 MBS 선수들의 분노를 샀다.

처음에는 사기 저하로 성적이 곤두박질쳤다.

방송국 경영진의 태도로 보면 팀이 언제 해체되어도 이상하지 않았던 것이다.

하지만 이신의 선수 복귀와 함께 분위기가 반전되면서, 선수들 사이에서도 다시금 열정을 불태우려는 분위기가 조성되었다.

선수들의 목표는 개인리그 따위가 아니었다.

프로리그에서 어떻게든 포스트시즌에 진출하고, 우승컵까지 거머쥐는 것!

아주 불가능한 목표도 아니었다.

4라운드 플레이오프와 포스트시즌의 경기 진행 방식은 연승제.

이신은 한때 혼자서 팀을 우승까지 끌어올린 전적이 있었다. 하지만 그렇다고 해서 MBS 선수들 전부가 개인리그를 포기한 것은 아니었다.

한 사람, 이신은 지난 전반기 개인리그의 경기 영상을 보며 분석을 하고 있었다.

박영호, 최영준, 신지호 등.

가장 큰 적수가 되리라고 생각되는 선수들의 영상이었다.

황병철이나 이철한, 신태호 등도 만만치 않은 선수임은 분명했지만, 그들은 이미 이신의 안중에 없었다.

황병철은 예전에도 그다지 두렵지 않았고, 지금은 맛이 간 상황.

이철한은 제법 훌륭한 기량을 가진 괴물 플레이어였지만, 이신은 본래 괴물을 상대로 한 승률이 매우 높았다.

신태호는 피지컬이 좋지만 세심한 면이 부족해서 파고들 빈틈이 많았다. 차라리 주디가 경험을 쌓으면 신태호보다 더 강해질 수 있었다.

결국 이신이 가장 주의해야 할 상대라고는 셋밖에 없었다.

얼마 전에 치열한 승부를 치렀던 철벽괴물 박영호, 광기 어린 물량을 쏟아내는 자원최적화의 천재 최영준, 디펜스와 운영의 달인 신지호.

'쌍영은 그렇다 쳐도, 의외로 신지호도 강해졌는데?'

일전 신지호에게 Player_SIN으로 역전승을 거두긴 했지만, 그건 상대가 이신이라는 것을 모르고 싸운 탓이 컸다.

의외로 디펜스가 철두철미해서 견제가 들어갈 구석이 많지 않았고, 방어선을 구축해서 맵을 장악하는 전략적인 판단력도 훌륭했다.

늘 플레이가 평이하게 흘러가므로 재미가 없어 팬들로부터 과소평가를 받는 편이라는 생각이 들었다.

게다가 이신 습격 사건의 배후가 아니냐는 의혹을 받는 바람에 황병철과 함께 정신적으로 심한 고생을 한 케이스였다.

이제 그 아픔에서 벗어났다면, 지금쯤 보다 뛰어난 기량을 발휘할 가능성도 있었다.

'어떻게 공략할지 대책을 세워야겠군.'

그렇게 마음먹었을 때였다. 문득 주머니에 넣어둔 구형 폴더폰이 진동했다.

모르는 번호였다. 무시할까 싶었지만 어차피 지금은 게임을 하고 있는 중이 아니라서 받아보기로 했다.

—어, 이거 이신 선수 번호 맞나요?

남자가 조심스럽게 묻는다.

"맞습니다."

—아, 그럼 이신이냐?

"누구십니까?"

많이 귀에 익은 목소리여서 이신도 반신반의했다.

—나야 나, 환열이!

"…환열이 형?"

환열이라는 말에 연습실에서 휴식을 취하고 있던 선수들까지 놀란 표정이 되었다.

—어 그래, 형이야.

최환열.

지금은 은퇴하고 파프리카TV의 스타 BJ로 활동하고 있는 레전드 프로게이머였다.

제7장

재회

토요일이 되었다.

프로리그 시즌의 프로게이머에게 휴일 따위는 없지만, 이신은 쉬겠다고 방진호 감독에게 말을 해놓고서 최환열을 만나러 갔다.

블랙 셔츠에 같은 색의 슬랙스를 입고 외출한 이신은 운전사 정상범이 대기시켜 놓은 롤스로이스 팬텀 뒷좌석에 탔다.

“어디로 갈까요?”

“청담동.”

이신은 구형 폴더폰을 꺼내 최환열이 문자 메시지로 보내준 카페 주소를 정상범에게 일러주었다.

"알겠습니다."

정상범은 주소를 내비게이션에 찍었다.

차가 소리 없이 스르륵 출발했고, 안정감 넘치는 승차감 속에서 이신은 눈을 감고 잠들었다.

집에 돌아와서도 밤새워 훈련을 한 까닭에 금세 잠에 빠져버렸다.

운전을 하던 정상범은 백미러로 잠든 이신을 응시했다.

'기회다.'

적신호라 잠시 멈췄을 때, 정상범은 재빨리 자신의 스마트폰을 꺼내 카메라 어플을 실행했다.

찰칵.

차 안에서 깜빡 잠든 이신의 모습을 찍었다.

카메라 소리 때문에 잠시 마음을 졸인 정상범.

다행히 이신은 깨어나지 않았고, 정상범은 사진을 메신저로 지수민에게 전송했다.

지수민 : 꺄악! 깜빡 잠든 신 님 모습 너무 좋아♡ 블랙 셔츠도 좋아♡♡

'휴우, 성공했다.'

이신의 운전사로 고용되면서 지수민에게도 따로 돈을 더 받는 정상범.

오늘도 무사히 임무를 완수했다는 사실에 안도한 그였다.

하지만,

지수민 : 근데 오빠. 좀 밋밋하지 않아?

'밋밋하다고?'

신호가 돌아와서 운전에 열중하면서도 정상범이 의문을 표했다.

차 안에서 깜빡 잠이 든 사적인 모습은 자신이 아니면 아무도 볼 수도, 찍을 수도 없는 장면이었다.

평소에는 이것만으로도 심히 만족해하던 지수민이었다.

그러거나 말거나 지수민의 메시지가 계속 속사포처럼 도착했다.

지수민 : 물론 신 님은 언제 무엇을 하고 있든 존재 자체가 멋지지만!

지수민 : 그래도 이왕이면 좀 더 뭔가 컨셉이 살아 있었으면 좋겠어.

지수민 : 잠자는 숲속의 왕자처럼. 근데 그 잠든 왕자에게서 색기가 느껴지면 더 훌륭하지 않겠어?

지수민 : 예를 들면 단추가 하나 더 풀려 있다든지…….

'이런 미친! 지금 나더러 단추 하나 더 풀고 찍으라고?'

그러다가 걸리면 뒷감당을 어떻게 하란 말인가?

프로 운전사 정상범.

그는 꾹꾹 참고 있다가 적색불이 들어와 차가 멈췄을 때 비로소 답장을 보냈다.

그러다 걸리면 큰일 난다. 나 좀 살려주라.

지수민의 답장은 빛의 속도였다.

지수민 : 오빠 그것밖에 안 돼?

ㅇㅇ미안.

지수민 : 단추 하나 풀면 백만 원.

정상범은 흠칫했다.

지수민의 메시지가 악마처럼 정상범을 꼬드기기 시작했다.

정상범 : 오빠도 이제 서른다섯이지? 결혼할 때 다 됐네?

조금 늦은 편이었다. 주변 친구들은 죄다 결혼했다.

6년째 사귄 여자 친구가 술을 마시더니 오빠한테 난 뭐냐고 훌쩍거렸다.

정상범은 혼자 소주 6병을 까는 여자 친구가 데킬라 몇 잔에 취할 리 없다는 것도, 양심 있으면 이제 슬슬 눈치껏 청혼하라고 압박한 것이라는 사실도 알고 있었다.

지수민 : 친구들 얘기 들어보니까 결혼하려면 돈 정말 많이 필요하다던데. 결혼식 비용도 장난 아니고. 오빠도 참 고생이 많겠다!

정상범은 부르르 떨었다.

얼마 전에는 여자 친구의 아버지와 술을 마셨다.

자신의 신혼 시절에 고생한 이야기를 잔뜩 늘어놓더니, 집은 하나 있었으면 좋겠다고 하셨다.

목표가 생기자 한 푼이 아쉬운 처지에 놓인 정상범이었다.

정상범은 다시금 백미러로 이신을 살폈다.

아주 푹 잠들어 있다.

사실 매사에 차를 타기만 하면 잠드는 이신이었다. 목적지에 도착해서 정상범이 깨우기 전에는 일어나는 법이 없었다.

차 안에 정신이 깨어 있는 채로 가만히 앉아 있는 건 시간 낭비라고 말하는 걸 들은 적 있었다.

'괜찮을 거야.'

정상범은 과감해지기로 했다.

다시 적색 신호를 받아 멈춘 차량.

정상범은 기민하게 자리에서 일어나 뒷좌석으로 움직였다. 손을 뻗어 이신의 데님 셔츠 위 단추 하나를 풀었다. 원래 풀려 있던 것까지 총 두 개가 풀렸다.

'이게 무슨 짓거리지.'

술에 꼴아 잠든 여자 친구에게도 한 적이 없었던 짓거리였다. 잠시 자괴감이 들었지만 정상범은 여자 친구를 떠올리며 힘을 냈다.

찰칵.

사진을 찍어서 전송.

마침 신호가 바뀌자 아무 일도 없었던 것처럼 다시 운전에 집중한다.

그런데…….

지수민 : 하악, 하악, 오빠 하나만 더!

'그만해, 이 미친년아!'

정상범이 속으로 절규했다.

지수민 : 말했지? 단추 하나에 백만 원!

갑자기 오늘따라 왜 지수민이 이렇게 욕심을 부리는지 알 수 없었다.

정상범이 알 리가 없었다.

주디가 미국의 유명한 포토그래퍼를 꼬드겨 이신과 함께 매우 러블리한 포즈로 찍은 사진을 손에 넣었다는 것을.

그것 때문에 지수민이 매우 질투에 차올라 있다는 사실을 말이다.

뭐든지 처음만 어려운 법이었다.

정상범은 다시금 단추 하나를 더 풀러 사진을 찍었다.

이제 아까와는 전혀 딴판인 사진이 되었다.

지수민 : 꺄아악! 너무 좋아!

지수민 : 그런데 오빠…….

'이제 그만해!'

지수민 : 오빠 정말 못난 남자네. 하나에 백만 원이라고 했더니 정말로 하나씩 푸네. 그렇게 눈치가 없어서 사랑받고 살겠어?

다행히도 차량은 목적지에 도착했다.

미안, 이제 목적지에 도착했다.

지수민 : 정말 못났네. 역시 오빤 안 될 거야.

기껏 시키는 대로 했더니 욕을 먹고 끝난 정상범이었다.

'선영아, 오빠가 이렇게 산다.'

울분을 뒤로하고, 정상범은 이신을 깨웠다.

"도착했습니다."

부스스 눈을 뜬 이신은 차 문을 열고 나섰다.

도착한 곳은 청담동의 카페였다. 아마도 최환열은 안에서 기다리고 있을 터였다.

셔츠 단추가 세 개나 풀려 있다는 사실을 전혀 인식하지 못한 채, 이신은 카페 안으로 들어섰다.

안으로 들어선 순간, 여기저기에 모여 앉아 있던 여자들이 일제히 수다를 멈췄다. 시선이 이신에게도 모여들었다.

"이신이다."

"진짜 잘생겼다."

"어머, 나 실물로 처음 봐."

"세상에……."

이신이 지나간 자리마다 여자들이 머리를 맞대고 모여서 수군거렸다.

"사진 찍고 싶다."

"같이 찍어달라고 해볼까?"

"아 젠장, 곧 있으면 남친 오는데. 존나 비교되네."

"근데 여긴 왜 왔대? 설마, 데이트?"

"무슨, 게임에 미쳤다던데."

"그 여자 있잖아. 올도어 부사장."

"분명히 얼굴값 한다. 여자 많을걸."

갑자기 카페 분위기가 들떴지만, 이신은 이미 관심받는 데에 익숙했기 때문에 아랑곳하지 않고 카페 내부를 둘러보았다.

"어서 오세요!"

헐레벌떡 나와 이신을 맞이하는 카페 여직원.

여직원의 눈이 이신의 얼굴과 셔츠 사이로 살짝 드러난 상체를 왕복했다.

"최환열."

"아, 안쪽에 계세요. 제가 안내해 드릴게요."

이신은 고개를 끄덕였다.

그레모리의 궁전에서 시녀들의 시중을 받고 지내면서 남을 하대하는 데 매우 익숙해진 이신. 너무나 자연스러워서 여직원도 이상하게 여기지 않았다.

"신아!"

복도 끝에 칸막이가 쳐진 구석 자리에 이르자 평범한 체구에 순박하게 생긴 사내가 손을 흔들었다.

마치 시골에서 농사를 짓다가 막 상경한 듯한 얼굴을 한 사내.

그리고 실제로도 농사가 싫어서 집에서 뛰쳐나와 게임 하나로 자수성가한 입지전적인 사내였다.

"어, 형."

"야, 짜식! 반갑다!"

최환열은 활짝 웃으며 이신을 와락 끌어안았다.

"안녕하세요."

최환열은 혼자가 아니었다.

함께 있던 예쁘장한 여자가 일어나 다소곳이 인사했다.

하지만 나직한 목소리와 달리 여자는 굉장히 화려한 외양을 하고 있었다.

눈에 확 들어오는 금발 숏컷. 그리고 화이트 블라우스에 레오퍼드 숏팬츠 차림이 아주 잘 어울리는 20대 중반쯤의 여자였다.

최환열은 여자를 자기 쪽으로 끌어당기며 말했다.

"인사해, 내 여자 친구 유설희. 설희 알지?"

"몰라."

최환열과 유설희가 동시에 움찔했다.

"BJ설희 몰라?"

"몰라."

이신은 아는 척도 해주지 않았다.

"야, 너도 개인방송 하는 놈이 무슨 설희를 모르냐."

유설희는 파프리카TV에서 거의 톱을 달리는 BJ였다. 최환열과 함께 파프리카TV 최강의 커플로 유명했다.

"나 개인방송 안 해."

"안 한다고? Player_SIN이 너잖아?"

"나 아냐."

"에이, 맞잖아."

"아니라고."

그 대답에 유설희가 푸훗 하고 웃었다.

이미 모두가 알고 있는데 혼자만 잡아떼는 이신의 태도는 유명했다.

Player_SIN의 방송국 팬클럽 회장 자리를 놓고 돈다발로 경쟁을 벌이는 두 여자는 지수민과 주디일 거라는 게 유력한 추측이었다.

채팅창에서 가면 벗으라고 욕하는 시청자와 아랑곳하지 않는 이신은 그의 개인방송의 특별한 매력 중 하나였다.

"왜 불렀어?"

이신은 자리에 앉아마자 대뜸 물었다.

"이놈아, 커피라도 좀 시키고 나서 얘기하자. 넌 어떻게 변한 게 없냐."

최환열이 한숨을 쉬며 핀잔을 했다.

그는 메뉴판을 들고 유설희와 함께 이것저것 고르더니 이신에게 물었다.

"밥 먹었어?"

"아니."

"여기서 뭐 간단한 거 먹을래? 아니면 나가서 제대로……."

"먹을래."

"크크, 그럴 줄 알았다. 쟤 귀찮은 거 되게 싫어해."

"호호, 정말 방송 때랑 똑같다."

"쟤는 TV나 개인방송으로 보는 거하고 완전히 일치한다고 보면 돼."

"암튼 너무 잘생겼다……."

유설희는 몽롱한 얼굴로 이신을 빤히 쳐다보았다.

얼굴도 얼굴이었지만, 단추가 세 개나 풀어진 블랙 셔츠 사이로 보이는 탄탄한 상반신이 더욱 그녀의 시선을 잡아끌었다.

"으흠!"

최환열이 헛기침을 하자 그제야 찔끔해서 시선을 거두는 유설희였다.

"그나저나 시즌 중이라 바쁠 텐데 괜히 보자고 한 건가?"

"상관없어."

"하긴, 네 성격에 바빠서 곤란하면 칼같이 거절했겠지."

"어."

최환열은 이신을 아주 잘 알았다.

그도 그럴 것이, 이신을 처음 발굴하고 프로게이머의 길로 끌어들인 사람이 바로 최환열이었던 것이다.

이신은 온라인 연습생으로 있다가 숙소 연습생과 2군 생활을 거치지 않고 바로 1군 주전이 되었는데, 그것도 최환열의 강력한 지지가 있기 때문에 가능했다.

그렇지 않았으면 서열을 중시 여기는 한국 사회에서는 아무리 실력이 좋아도 데뷔까지 더 오래 걸렸을 터였다.

아무튼 이신을 발굴하고 데뷔시키고 이것저것 조언하기까지, 게임만 빼고 전부 가르쳐 주었다고 보면 된다. 그런 은인이었기에 바쁜 와중에도 이 자리에 나온 이신이었다.

"무슨 일인데?"

이신이 다시 물었다.

최환열은 가방에서 태블릿PC를 꺼냈다.

"보여줄 게 있어서."

"뭐?"

"보면 알아."

동영상 플레이어를 재생시켰다.

그러자 스페이스 크래프트를 플레이하는 영상이 재생되었다.

리플레이 파일이 아니었다.

누군가가 플레이하고 있는 개인 화면을 모니터째로 녹화한 영상이었다. 키보드와 마우스 소리까지도 요란하게 들렸다.

"이게 뭔데?"

"한 번 평가해 봐."

그야 어렵지 않았다.

이신은 잠자코 누군가가 플레이하는 모습을 지켜보았다.

영상 속의 주인공은 인류 종족을 플레이하고 있었다.

APM이 500까지 치닫고 있는 빠른 손놀림이었다.

마우스 커서와 화면 전환이 휙휙 변했다.

하지만 이신은 평소에 그보다 훨씬 빠르므로, 어렵지 않게 영상 속 게임의 상황을 파악할 수 있었다.

계속 보고 난 이신이 말했다.

"아마추어치곤 잘하네."

"13살이야."

"…뭐?"

그 말에 이신의 표정이 변했다.

손이 빠르지만 헛손질이 많아 의미가 없었다. 다듬어지지 않은 아마추어의 특징이었다.

좌측 상단에 나온 APM은 500이지만 프로들의 300 정도나 다를 바가 없었다.

'헛손질 없애면 정말 빠를 것 같긴 하군.'

하지만 그럼에도 불구하고 컨트롤이 탁월했다.

보병과 의무병으로 이루어진 병력이 치고 들어가 괴물과 난투를 벌이는 움직임이 기민하기 짝이 없었다.

그리고 물 흐르는 듯한 운영.

자기 할 일만 딱딱 하는 건 누구나 할 수 있다. 하지만 정찰로 상대를 살펴가며 맞춰 대응하는 운영은 아무나 못한다.

그걸 하지 못해서 똑같은 컨트롤과 멀티태스킹과 손 빠르기를 갖고도 2군을 못 벗어나는 것이었다.

그런 의미에서, 영상의 주인공은 이미 1군 주전에 필적하는 솜씨를 지니고 있었다.

"이게 13살이라고?"

이신이 의심스럽다는 듯이 물었다.

"아, 한국 나이로 치면 14살이나 15살 정도야."

최환열이 깜빡 했다는 듯이 정정해 주었다.

이신은 곰곰이 생각에 잠겼다.

그래도 탁월한 재능이었다.

중학생 1, 2학년생이 벌써 프로 팀 주전급의 실력을 갖췄다니!

물론 프로무대에 중학생짜리 선수가 점점 많이 출현하는 추세이긴 했지만, 이건 급이 달랐다.

아직 아마추어티를 못 벗었는데도 이미 1군급의 센스였다.

잘 다듬으면 대체 얼마나 강해질까?

경험과 요령이 쌓이고 쌓여서 기량이 절정이 되는 20세에 이른다면?

"누구야?"

이신이 물었다.

이신이 관심을 갖자 최환열을 신이 나서 말했다.

"어때 보여? 내 눈에는 확실히 천재 같거든? 근데 진짜 검증된 천재인 네 눈에는 어떻게 보일지 궁금해서."

"내가 보기에도 천재 맞아."

"그렇지?"

"1년만 잘 가르쳐도 내 수준에 필적하겠는데."

"오, 진짜?"

"살해하고 싶을 정도야."

이신의 입에서 음산한 말이 튀어나왔다.

"…응?"

순간 최환열은 자기 귀를 의심했다.

"난 계속 나이를 먹고 쇠퇴할 텐데, 이놈은 계속 성장해서 날 능가할 거 아냐."

"……."

최환열도 함께 있던 유설희도 표정이 딱딱하게 굳어 버렸다.

이신은 어깨를 으쓱했다.

"농담이야."

그제야 안도한 최환열은 버럭 화를 냈다.

"인마, 농담은 그렇게 진지한 말투로 하는 게 아니라고 몇 번을 말해!"

"됐고, 얘 누구야?"

"됐긴 누구 마음대로, 아오!"

최환열은 이신의 뒤통수를 한 대 때렸다. 그는 이신을 멋대로 때릴 수 있는 유일한 사람이었다.

"누구냐고."

"이수열."

"이수열?"

당연하지만 들어본 적 없는 이름이었다.

최환열이 말했다.

"그건 한국식 이름이고, 본명은 찻 차이야."

"동남아?"

"어, 태국 앤데 어머니가 한국인이라더라."

불행인지 다행인지 알 수 없었다. 태국은 e스포츠 여건이 굉장히 열악한 곳이었다.

어쩌면 저 재능을 채 꽃피워 보지 못하고 묻힐 수도 있었다.

하지만 기회만 만난다면, 어쩌면 이신보다 더 강한 선수로 성장할 수도 있다.

그리 긴 시간이 필요하지도 않다. 1년만 주어져도 이신은 자신의 정상 자리를 위협할 강적을 만나게 된다.

심사가 복잡해진 이신에게, 최환열이 말했다.

"어때?"

"어떻긴 뭐가? 천재라고."

"아니, 그거 말고. 네가 한 번 키워볼래?"

뜬금없는 제안에 이신이 눈을 크게 떴다.

"내가 왜?"

"네 팬이야. 그래서 나랑 인연도 생긴 거고."

찻 차이, 한국명 이수열은 태국의 사업가 아버지와 한국인 어머니 사이에서 태어난 소년으로, 한국 문화에 대해 굉장히 관심이 많았다고 한다.

그러던 중, 세계무대를 제패하고 최강자가 된 이신을 동경하게 되어 스페이스 크래프트에 입문하게 되었다.

입문하는 데는 최환열의 파프리카TV 개인방송이 큰 역할을 했다.

최환열은 이신의 후견인이자 스승격인 존재로 널리 알려져 있었다.

최환열 본인은 가르친 게 없다고 부정하지만, 이신도 많은 걸 배웠다고 말해서 대외적으로는 그렇게 인식되고 있었다.

불세출의 천재 이신이 한국 e스포츠의 레전드 최환열의 가르침으로 탄생했다고 보는 편이 그럴 듯한 스토리였기 때문.

아무튼, 그런 최환열이 e스포츠 보급을 위하여 매주 개인방송을 통해 스페이스 크래프트 입문 강좌를 열었고, 이수열은 이를 보고 열심히 배웠다.

'그렇게 형 강좌를 보며 혼자 익힌 실력이 이 정도라 이거지?'

주디를 보았을 때보다 더 강한 촉이 왔다.

키우면 분명히 엄청난 선수가 될 터였다.

"그냥 형이 가르쳐도 되잖아."

"인마, 난 이제 BJ지 e스포츠 관계자가 아냐. 게다가 넌 지금 선수 겸 코치로 있잖아. 주디스 레벨린인가 하는 애도 단시일에 키워냈고. 나 걔가 황병철 꺾는 거 보고 기겁했다. 너처럼 독단적인 놈도 제자를 키울 줄을 아는구나 하고."

"……."

"그리고 말이지."

최환열은 씨익 웃으며 말을 이었다.

"너도 한 번 당해 봐라, 하는 마음도 조금 있어."

이신은 할 말을 잃었다.

최환열.

그는 이신이 처음 출전했던 개인리그의 4강전 상대였다.

첫 출전으로 무패우승을 달성했던 바로 그 대회였다.

* * *

식사를 대강 마치고 자리에서 일어서는데, 유설희가 눈치를 보다가 잽싸게 이신에게 말했다.

"저기, 저녁에 저랑 같이 할래요?"

그 순간 이신은 최환열과 그녀를 번갈아 보았다.

최환열도 뜨악한 표정으로 그녀를 쳐다보고 있었다.

유설희는 웃으며 해명했다.

"같이 합동 방송을 하자고요. 저녁에 먹방 할까 싶었거든요."

"먹방이 뭐야?"

이신은 고개를 갸웃거렸다.

"먹방을 몰라? 이런 놈이 BJ라니……."

"BJ 아니라고."

"Player_SIN이 너라는 거 지금 세상이 다 알고 있는데……! 아오, 됐다. 먹방은 밥 먹으면서 이런저런 토크도 하는 방송이야."

"밥 먹고 얘기하는 방송?"

이신은 이해할 수 없다는 듯이 물었다.

"남이 밥 먹고 잡담 나누는 걸 사람들이 왜 봐?"

"많이들 재미있게 보는 콘텐츠니까 그렇게 충격받은 얼굴 하지 마라. 할래, 말래? 설희랑 같이 한다면야 나도 껴서 이런저런 옛날 얘기나 하지 뭐. 그렇지 않아도 방송하면 꼭 너에 대해 많이들 묻던데."

귀찮다는 생각이 물씬 들었지만, 워낙 신세 진 게 많은 최환열의 부탁을 거절할 수는 없었다.

이신은 고개를 끄덕였다.

"할게."

"오케이! 그럼 아예 지금 우리 집에 가자. 놀다가 저녁에 합동 방송하면 되니까."

"나 연습해야 돼."

"컴퓨터는 여러 대 있어. 아, 키보드랑 마우스는 가져와야지."

"그건 차에 있어."

롤스로이스 팬텀에는 이신의 전용 키보드와 마우스가 예비용으로 2개씩 준비되어 있었다.

"아 맞다! 이신 씨 차 롤스로이스 팬텀이었죠? 저 그거 타보고 싶어요! 태워주면 안 돼요?"

"됩니다."

"아싸!"

유설희가 두 팔을 하늘로 뻗으며 소리쳤다.

"그럼 난? 나도 차 끌고 왔는데……."

최환열이 불안한 얼굴로 물었다.

"오빤 오빠 차 타고 혼자 가면… 안 돼? 나 롤스로이스 타고 싶은데!"

"……."

최환열은 이신에게 다가왔다.

그러고는 풀린 단추를 하나하나 여며주며 말했다.

"신아. 혹시라도 설희가 찝쩍대면 나한테 말해라."

그제야 이신은 왜 자신의 셔츠 단추가 3개나 풀려 있었는지 의문을 느꼈다.

유설희는 킥킥 웃으면서도 내심 닫혀져 가는 셔츠에 아쉬워했다.

최환열의 집에 도착한 이신은 키보드와 마우스를 세팅하고 바로 연습을 시작했다.

"신아, 너 저녁까지 연습할 거지?"

"어."

"그럼 혹시 네 차 좀 타고 저녁까지 설희랑 드라이브를 해도 될까?"

"운전은 운전사한테 맡기면."

"오케이. 아, 그리고 방송에 네 차 내부가 나와도 돼?"

"방송?"

"어, 캠코더 들고 네 차 안에서 개인방송 하려고."

"맘대로 해."

"오케이! 설희야, 가자!"

"아싸!"

커플은 희희낙락하며 개인방송용 캠코더를 들고 떠나 버렸다.

이신은 피식 웃었다.

프로 생활에 대한 갈망이 매우 깊었던 최환열은 은퇴 때 눈물을 펑펑 흘렸었다.

하지만 이렇게 다시 재회하니, 행복하게 잘 살고 있는 것 같아서 다행이었다.

아직도 여전히 좋아하는 게임을 하고 있고 말이다.

최환열은 유설희와 함께 합동 방송을 했다.

푸른빛 롤스로이스 팬텀의 차량을 보여주자 시청자들은 난리가 났다. 한국 e스포츠 팬치고 저 차 주인을 모르는 사람은 없었던 것이다.

차 외관을 보여주고 뒷좌석에 타서 좀처럼 볼 수 없었던 내부까지 다 보여주자 반응이 아주 좋았다.

거기에 유설희가 미모와 수다로 온갖 끼를 떨고 최환열도

곧잘 맞장구를 쳐 주니 두 사람의 합동 방송은 벌써부터 시청자가 2만을 넘어서며 엄청난 고공 행진을 시작했다.

그 2만이 넘는 시청자가 기다리는 것은 단연, 저녁에 나올 것이 틀림없는 특별 게스트 이신이었다.

심지어,

스타 BJ 커플 최환열·유설희, 이신의 차를 타고 데이트

베일에 싸여 있던 이신의 럭셔리 카 내부 모습

이신, 최환열의 개인방송에 출현 예정 '스승의 은혜 갚기'

이신, 최환열·유설희의 개인방송에 출연해 화제

기삿거리에 목말라 있던 e스포츠 관련 인터넷 언론들이 일제히 기사를 쏟아냈다.

최환열과 유설희는 실시간으로 나타나는 기사들을 보면서, 그것까지도 개인방송의 콘텐츠로 삼는 능숙함을 보였다.

시청자는 계속 불어났고, 별사탕이 쏟아졌다.

오랜만에 대박을 터뜨린 두 커플은 별사탕이 터질 때마다 즐거운 비명을 질렀다.

별사탕이 터질 때마다 호들갑스러운 리액션을 해줘야 선물해 준 시청자도 보람을 느끼는 것이었다.

그렇게 별사탕 리액션을 요란스럽게 할 때마다 묵묵히 운전을 하던 운전사 정상범은 혀를 쯧쯧 찼다.

'역시 먹고 산다는 건 쉬운 일이 아니야.'

* * *

인터넷의 실시간 뉴스로 이신이 최환열의 개인방송에 출연한다는 소식을 접한 주디는 마음이 급해졌다.

모든 훈련이 끝나자 잽싸게 호텔로 돌아와 파프리카TV에 접속했다.

제자이기 전에 이신의 광팬인 주디는 이신과 그의 스승격인 최환열의 만남이 너무나도 보고 싶었다.

방송은 이미 시작되어 있었다.

세 사람이 옹기종기 앉아서 치킨을 먹고 있었다.

주로 유설희가 시청자 채팅을 보고 질문을 하면 이신이나 최환열이 대답하는 식이었다.

—아, 이 질문! 여태껏 방송하면서 이 질문이 가장 많았거든요. 환열 오빠가 정말로 스승이냐고 묻는데요.

이에 최환열이 혀를 찼다.

—아 진짜, 몇 번을 말해. 난 게임 가르친 적이 없어. 그냥 하늘에서 뚝 떨어졌다니까. 오히려 프로로서의 마인드나 팬서비스, 단체 생활의 매너, 인성, 이런 면을 많이 가르쳤는데 보다시피 실패했지.

유설희가 깔깔거렸고 시청자 채팅창도 웃음으로 도배되었다.

그런데 이신이 말했다.

—스승 맞습니다.

—오, 당사자 입에서 다른 의견이 나왔는데요?

—내가 뭘 가르쳐?

—환열이 형 플레이 보며 독학했습니다. 형이 쓰는 전략을 전부 개량시키거나 무용지물로 만들 카운터 전략을 만들었습니다. 제 기반이 환열이 형이기 때문에 스승이 맞습니다.

—아, 그랬네요. 다른 질문이 또 있는데요, 이신 선수가 처음 출전했던 개인리그 4강전에서 최환열 선수를 3 대 0으로 묵사발을 냈는데요. 그때 일도 듣고 싶어 하시네요.

—말했다시피 형이 알고 있는 모든 전략을 개량하거나 카운터 전략을 만들어서, 실력을 떠나 저를 이기는 것 자체가 불가능했습니다.

—에이, 실력이지 뭐. 전략이란 게 결국 가위바위보라서 눈치 싸움인데, 신이가 더 예측을 잘했어.

—지난 전적 데이터가 풍부했으니까 예측도 쉬웠습니다. 전 신인이라 제 데이터가 없었고요. 그래서 제가 그해에 무패우승을 할 수 있었던 겁니다.

—아, 둘 다 겸손한 모습이 너무 보기 좋네요.

그런데 이신의 말이 이어졌다.

—물론 기량 자체도 제가 우위이긴 했습니다.

—보셨죠? 제가 후배 인성 교육에 실패했습니다.

시청자 채팅창이 또다시 'ㅋㅋㅋㅋ'로 도배되었다.

이신은 데뷔를 앞둔 시절부터 이미 수많은 팬들의 기대를 모으던 예비 스타였다.

탁월한 게임 실력과 수려한 외모도 한몫했지만, 무엇보다도 최환열의 열렬한 지지를 등에 업은 덕분이었다.

최환열은 데뷔 이전부터 이신을 자주 언급하며 팬들에게 그의 존재를 각인시켜 주었다.

세상을 깜짝 놀라게 할 선수가 있다.

이신은 명백한 우승후보다.

덕분에 이신은 최환열의 골수팬들의 지원까지 힘입어, 처음부터 준비된 스타로서 공식 무대에 출현할 수 있었다.

그렇듯 최환열에게 신세진 것이 많았기에, 이신은 합동 방송에서 많은 고마움을 표하는 모습을 보였다.

이신의 그런 모습은 의외였기에 많은 시청자에게 어필했다.

최환열도 옛 추억이 떠올랐는지 새삼 감격에 젖은 모습이었고, 그렇게 호평 속에서 방송을 마쳤다.

"수고했다. 오늘 정말 고마웠어."

최환열이 다가와 이신의 어깨를 툭툭 쳤다.

유설희도 꾸벅 고개를 숙여 감사를 표했다.

"오늘 정말 감사했어요. 진짜 덕분에 저 처음으로 시청률 1위 먹었어요."

그야말로 광기의 별사탕 세례에 흥분해서 정신을 못 차렸던 유설희였다.

오늘의 방송은 그야말로 역대 최대의 흥행이었다.

이신교의 광신도들까지 소문을 듣고 몰려와 파프리카TV 서버가 폭주할 정도로 흥행을 달렸다.

이신교는 이신의 은인인 최환열에게 매우 호의적이었고, 그 호의가 고스란히 별사탕으로 이어졌던 것.

먹방을 했던 유설희는 물론, 롤스로이스 팬텀을 타고 야외 방송을 했던 최환열의 방송까지도 대박을 터뜨려 버렸다.

커플이 번갈아가며 이신의 덕을 톡톡히 본 셈이었다.

그렇게 두 사람이 오늘 거둔 수익만도 족히 2천만 원이 훌쩍 넘었다. 이신교는 과연 무서웠다.

"오늘 소득은 나눠야겠다. 금액이 너무 커."

"맞아, 이거 다 이신 씨 인기를 팔아서 얻은 거니까."

최환열의 말에 유설희도 동의했다. 하지만 이신은 고개를 저었다.

"필요 없어."

"필요 없기는, 인마. 제대로 나눠야 우리도 마음이 편하지."

"옛날 신세 갚은 셈 쳐."

"신세는 무슨. 그건 선배로서 도리를 다한 거지."

"그럼 소개비로 쳐."

"소개비라니?"

"찻 차이."

이신은 태국의 천재 소년을 다시 언급했다.

"아, 수열이? 정말 키워보게?"

이신은 고개를 끄덕였다.

"한 번 실력을 다시 확인하고. 게임 몇 판 한 영상만 봐서는 아직 몰라. 진짜 천재인지 아닌지 한 번 봐야지."

"진짜 천재면 MBS로 데려가려고?"

이신은 고개를 저었다.

"MBS는 오래 있을 곳 아니야."

이신도 MBS의 사정을 모르지 않았다.

방진호 감독에 대한 호의로 MBS에 들어왔지만, 더 이상 계약을 연장할 일은 없었다. 그럴 이유가 이신에게는 없었다.

"그럼?"

"일단 어디든 데리고 다니며 키울 거야. 도제처럼."

그 말에 최환열은 깜짝 놀랄 수밖에 없었다.

이신의 성격에 누군가를 데리고 다닌다는 것은 있을 수가 없는 일이었다. 인간관계를 몹시 귀찮게 여기는 성격이었기 때문이었다.

그만큼 이신이 찻 차이에게 지대한 관심을 갖고 있다는 뜻이었다.

"내가 한 말 때문이냐?"

최환열이 물었다.

너도 한 번 당해봐라.

자신이 발굴하고 데뷔시킨 이신에게 4강전에서 무참히 격파당한 최환열.

이신 역시 훗날 찻 차이를 통해 같은 기분을 맛볼 수 있을 거라고 최환열이 농담처럼 한 말이었다.

“어, 한 번 제대로 키워보려고. 그런 다음에 죽여 버릴 거야.”

“…….”

“거꾸로 내가 당하면, 도저히 못 당하겠구나 싶으면 그땐 내가 은퇴할 때가 된 거지.”

“은퇴… 너도 벌써 그런 얘기를 할 때가 됐냐?”

“이미 한 번 은퇴했던 몸이야.”

이신은 오른쪽 손목을 빙글 돌려 보였다.

“지금은 여벌의 삶이지.”

“그 손목, 지금은 아무 문제없고?”

“없어.”

“그럼 다행이다. 아무튼 수열이에 대해서는 같이 한 번 게임을 해보든가 해서 검증을 해봐. 정말 우리가 본 그대로 천재인지 어떨지는 직접 보지 않고는 모르잖아.”

“그러려고.”

이신은 고개를 끄덕였다.

“걔한테 전해. 온라인에 접속해서 나한테 쪽지 보내라고. 직접 확인해 보고, 내 기대에 못 미치면 전부 없던 일로 할 거야.”

그렇게 최환열·유설희 커플과 작별한 이신은 차를 타고 집으로 돌아갔다.

돌아가는 길에 줄곧 찻 차이라는 천재 태국 소년이 생각났다.

'큰일이군.'

프로게이머로 살아갈 수 있는 시간은 얼마 안 남았는데, 점점 더 재미있어진다. 최영준, 박영호, 신지호, 마이클 조셉…….

예전과 달리 자신을 즐겁게 해주는 수많은 적수가 있었다.

'이러면 마음을 접기가 힘들잖아.'

선수 생활을 은퇴한 이후를 생각했기 때문에 선수 겸 코치라는 포지션을 택한 이신이었다.

하지만 그렇게 지내고 나니, 프로게이머를 그만두고 싶지 않다는 욕심만이 나날이 높아지고 있었다.

* * *

집에 돌아와 스페이스 크래프트를 실행시켰다.

Kaiser 아이디로 온라인에 접속했을 때, 수많은 쪽지가 와 있었다.

전 세계 팬이 보낸 수많은 나라의 언어로 된 쪽지들…….

읽을 수 없었기 때문에 죄다 삭제해 나갔다. 그런데 그때, 한 쪽지가 이신의 눈에 들어왔다.

—SY : 안녕하세요, 이수열입니다.

'벌써?'

이신은 답장을 보냈다.

—Kaiser : 찻 차이?

—SY : 네^^

—Kaiser : 얘기는 들었고?

—SY : 네, 꼭 한국에 가고 싶어요. 이신 선수의 마음에 들고 싶어요.

—Kaiser : 그럼 네 재능을 입증해 봐.

이신은 방을 만들고 SY를 초대했다. 둘 다 인류를 고른 채 첫 게임을 시작했다.

맵은 신성한 잔혼.

불과 며칠 전에 신태호를 격파했던 그 맵이었다.

찻 차이가 그때의 신태호와 똑같은 1병영 더블로 나오자, 이신도 그때와 똑같은 2기갑을 선택했다.

기동포탑을 배제하고 과감하게 고속전차만 모아서 공격.

찻 차이는 병영 1개와 군량고 2개로 바리케이드를 만들어 침투를 차단시켜 놓았다.

이신의 손이 빨라졌다.

쉽게 성공시킬 수 없는 지뢰 비비기가 이신의 손에서 아주 손쉽게 펼쳐졌다.

지뢰 비비기로 바리케이드를 넘어온 고속전차 2기가 곧바로 지뢰를 매설했다.

그러자,

퍼펑— 펑!

찻 차이의 기동포탑 2기가 일점사로 지뢰 2개를 매설되기 전에 일점사격으로 제거했다.

연이어 출입구로 본진 안으로 파고들려는 고속전차 2기.

그러나 건설로봇이 블로킹을 했다.

'역시 손이 빠르군. 신태호보다 대처가 좋아.'

그렇다고 신태호보다 실력이 뛰어나다는 뜻은 아니었다. 아마도 신태호와의 경기를 이미 봤기 때문에 대처가 빠른 것이리라.

이신은 판단이 빨랐다.

고속전차 2기가 바로 방향을 전환해 앞마당의 식량자원 뒤편 구석으로 이동시켰다. 고속전차 2기는 식량자원을 채집하던 건설로봇들을 공격했다.

그렇게 고속전차 2기로 찻 차이의 신경을 분산시켜 놓고서, 바깥에 있던 다른 고속전차들을 계속해서 지뢰 비비기로 넘겨 보냈다. 순식간에 안팎에서 견제가 펼쳐지는 상황이 만들어진 것이었다.

그 같은 이신의 마술 같은 견제에 찻 차이의 대응이 다급해졌다.

일단 앞마당에서 일하던 건설로봇들을 본진으로 피신시키고, 계속 생산되는 기동포탑으로 침투하는 고속전차들을 막아냈다.

이제 기동포탑의 포격모드만 개발 완료되면, 찻 차이의 디펜스는 성공한 것이나 다름없었다.

하지만…….

이신은 새롭게 생산된 고속전차 2기를 따로 빼두었다.

그리고 항공정거장에서 생산된 항공수송선에 태워서, 찻 차이의 본진에 드롭했다. 앞마당 쪽에서도 계속 지뢰 비비기로 고속전차가 침투하고 있는 상황에서 벌어진 견제였다.

본진에 들어온 고속전차 2기가 질풍처럼 돌진.

재빨리 찻 차이의 기갑정거장에 지뢰를 매설했다.

막 생산이 완료된 찻 차이의 새 기동포탑이 지뢰에 휘말려 허망하게 폭사당했다.

1병영 더블을 선택했을 때, 새 기동포탑이 지금쯤 완성될 타이밍이라는 것을 이신은 계산하고 있었던 것이다.

수많은 연습과 경험!

이신은 초 단위까지 시간이 딱딱 맞는 견제 플레이를 구상한 것이었다.

이어서 출입구 쪽에도 지뢰를 매설.

앞마당에서 싸우던 찻 차이의 기동포탑은 지뢰 때문에 본진으로 돌아오지 못했다.

고속전차 2기는 계속해서 본진을 휘저으며 건설로봇들을 공격했다.

찻 차이의 선택은 건설로봇들로 테러를 진압하는 것.

넓게 포진한 건설로봇이 포위망을 좁히며 고속전차들을 공격했다.

하지만 상대는 다름 아닌 이신의 고속전차였다.

치고 빠지는 날렵한 아웃복싱으로 건설로봇을 1기씩 터뜨렸다.

찻 차이의 새로운 기동포탑이 생산되었을 땐, 이신도 항공수송선에 다른 고속전차를 태워 운반한 뒤였다.

치열한 격전이었다.

찻 차이는 병영에서 보병까지 생산해 디펜스를 펼쳤지만, 이신은 끝내 불꽃같은 고속전차 컨트롤로 압살해 버렸다.

—SY : GG

—Kaiser : 아직 나가지 마봐.

—SY : 네.

—Kaiser : 지금 내가 어떤 상황일 것 같아?

—SY : 앞마당에 확장 기지 가져가고, 기동포탑이 생산되었을 거라고 생각해요.

—Kaiser : 틀렸어.

이신은 설정을 바꿔 자신의 맵 상황을 찻 차이에게 보여주었다. 놀랍게도 이신은 앞마당은 물론 또 다른 확장 기지까지 가져간 상태였다.

병력이라고는 견제를 펼치는 고속전차와 항공수송선 1기가 전부였다. 다만, 지뢰를 잔뜩 매설해 방어를 해놓았을 뿐.

—SY : 어, 그럼 견제만 막아냈으면 제가 이긴 것 아니었나요?

—Kaiser : 내가 확장 기지를 추가로 가져가느라 병력이 없었으니까?

—SY : 네.

이신은 실망했다.

기대에 미칠 정도의 재능은 아니었던 듯했다.

손이 아무리 빠르고 대처가 좋아도, 그게 톱클래스에 들 수 있는 재능은 아니었다.

진짜 재능은 넓은 시야.

전투가 벌어진 지점에서 컨트롤을 잘하는 게 아니라, 국면(局面) 전체를 아울러 판단하고 행동할 줄 아는 통찰력이었다.

그런 선수가 불리한 형세 속에서도 싸움을 길게 보며 역전을 이루어낸다.

실망한 이신은 일방적으로 게임을 종료시키고 나가 버렸다.

그런데 온라인 상태에 있을 때, 챳 차이의 쪽지가 도착했다.

—SY : 아, 제가 바보예요! 죄송해요.

—SY : 제가 항공정거장 없이 기갑정거장만 늘려 짓는 걸 보고 확장을 택하신 거죠?

—Kaiser : 맞아.

챳 차이에게 항공정거장이 없으니 항공수송선이 생산될 수 없었다.

그래서 지뢰만 매설해도 충분히 디펜스가 가능하다고 판단한 이신이었다.

기동포탑의 전진만 지뢰로 저지시키면, 지뢰가 통하지 않는 고속전차의 공격쯤은 얼마든지 디펜스가 가능한 것이다.

—SY : 착각해서 죄송해요. 이신 선수는 저랑 달리 한 번도 근거 없이 결단한 적이 없었어요.

—SY : 저는 이 게임이 가위바위보 같다고 생각했는데, 이제 보니 전 노름꾼이고 이신 선수는 프로 도박사였어요.

잠시 후, 이신이 답장을 보냈다.

—Kaiser : 한국말을 잘하는 것 같아 다행이야.

—SY : 네, 엄마한테 배웠으니까요.

—Kaiser : 그럼 됐어. 언제 올 거야?

—SY : 내일 당장이라도 갈게요!

—Kaiser : 도착해서 전화해.

그렇게 찻 차이의 한국행이 결정되었다. 이신에게 또 다른 제자가 생긴 순간이었다.

제8장

개막

하늘 끝까지 솟은 탑.

그 정상을 향해 난 끝없는 계단을 오르는 31인의 선수들.

그 선수들 사이에는 긴 흑발에 푸른 눈동자를 한 앳된 얼굴의 귀여운 서양 소녀, 주디도 보였다.

31인 가운데 가장 앞서 있는 5인이 있었다.

쌍영의 박영호, 최영준.

그 뒤로 신지호와 신태호.

그리고 독기 어린 눈빛을 품고 있는 황병철.

그들이 향하는 계단의 끝, 탑의 정상에는 황금 옥좌가 보였다.

옥좌에는 하얀 턱시도와 붉은 망토 차림의 젊고 아름다운 황제가 앉아 있었다.

다리를 꼬고 앉아 왼손에 턱을 괴고 오른손은 까딱까딱 팔걸이를 만지는 특유의 자세.

바로 이신이었다.

웅장한 음악이 쩌렁쩌렁하게 신과 인간의 전쟁을 예고한다.

바로 2020년 후반기 개인리그의 프로모션 영상이었다.

이신과 주디를 포함해, 치열한 예선을 통과한 16인. 그리고 지난 전반기 개인리그에서 16강에 들어 예선을 치를 필요가 없는 16인이 프로모션 영상에 출연했다.

본래 기본적으로 프로모션 영상의 주인공은 지난번의 우승자인 박영호가 되어야 했다.

하지만 한국 e스포츠 협회는 이신을 주인공으로 내세웠다.

명실상부한 세계 최고의 프로게이머.

세계 최고의 흥행 카드.

그리고 제대로 선수들의 안전 관리를 하지 못해 이신으로 하여금 끔찍한 사고를 당하게 만든 책임까지 더해진 결과였다.

이에 대하여 말들이 많았지만 박영호는 현명하게 대처했다.

"저도 제 얼굴을 아는데, 제가 옥좌에 앉아서 정면 샷으로 나오면 리그가 망합니다. 계단을 오르는 45도 샷에 큰 만족을 느낍니다."

팬들에게 큰 웃음을 선사한 예능감으로 박영호는 논란을 종식시켰다. 성격과 실력을 두루 갖춘 데다 재치까지 넘치는 이미지로 굳힌 박영호였다.

아무튼 프로모션 영상으로 예고된 2020년 후반기 개인리그는 수많은 팬을 기대에 부풀게 했다.

특히나 이신의 뒤를 따라 대거 MBS로 넘어왔던 이신교의 신도들도 개인리그의 시작을 목이 빠져라 기다렸다.

왜냐하면, 이제 올해는 개인리그가 아니면 이신의 경기를 볼 기회가 없어졌기 때문이었다.

—우워, 이신 간지 보소.

—ㅎㄷㄷ 포스 지리네요.

—박영호 "나도 내 와꾸를 안다."

—ㅋㅋㅋㅋ박영호ㅋㅋ

—박영호를 무시해 버린 협회 놈들! 사람 차별하는 거냐! …신의 한 수였다.

—황병철 유독 독기가 가득 차 있음ㅋㅋ

—아 주디 예뻐♡

—주디ㅋㅋㅋ 신에게 향하는 사람들 중 유독 투쟁심이 안 보이는 한 사람ㅋㅋ

—주디는 다른 의미로 신께 달려가고 있다!

—주디 : 코치님이 계단 오르랬어요.

—이신을 주인공으로 놓는 게 맞지. 지난번 전반기 개인리그 때 기억 안

나냐? 이신 없으니까 영상에 아무리 공을 들여도 퀄리티 저하;;

—캬, 이신 하나 갖다 놓으니까 그림이네.

—존나 기대된다.

—이제 개인리그 말고는 신 님의 경기를 볼 수가 없어ㅠㅠ

—MBS 이 구제불능의 암흑사제 놈들. 신 님께서 출전하는 족족 이겨주셨는데도 결국 포스트시즌 진출에 실패했다.

—암흑사제가 아니라 촉수충들입니다. 그놈들 기량은 구덩이 속에 들어가서 나오질 않죠.

—우리 귀염둥이 주디도 5승 2패로 선전했는데, 이 무능한 MBS 놈들은!

—솔까 신지호 지키고 이신 들어왔으면 완전 우승 각 아니었냐?

—ㅇㅇ동의. 이신과 신지호와 주디가 꼬박꼬박 이겨주는 채로 간간히 정다울, 최찬영도 1승씩 거들어줬으면 4라운드 1위. 4라운드 플레이오프에서도 1위 먹어서 승점 보너스. 합쳐서 아슬아슬하게 4위권에 올라 포스트시즌 진출.

—시나리오 쓰고 앉았네. 신지호가 이신 존나 싫어하는데 팀이 멀쩡했겠냐.ㅋㅋㅋ

—다 됐고, 병철이 형 좀 부활했으면 좋겠다.ㅠㅠ

—황병철은 끝났지.

—황병철 조기 퇴물. 이단자는 무슨, 예전에야 이신 대항마가 없었으니까 억지로 라이벌 구도 갖다 붙인 거고.

—아무튼 이신이 우승했으면 좋겠다.

—ㅇㅇ제대로 신의 위엄 보여줘야 함.

—신은 이제 우승도 지겹지 않을까?

—인류로 실컷 우승했으니, 이제 신족으로 우승하면 신선하잖아ㅋㅋㅋㅋ

—아, 진짜 신족을 좀처럼 안 쓰네. 마이클 조셉 박살 낼 때만 썼고.

9전 전승.

4라운드의 7경기에 출전한 이신은 7차례를 모두 이겼고, 그 중 에이스 결정전까지 또 나가 이긴 게 2차례였다.

1승당 1천만 원.

그리고 에이스 결정전은 그 두 배인 1승당 2천만 원.

그 계약 조건으로 따졌을 때, 올해 프로리그에서 이신은 4라운드에서만 활약해 1억 1천만 원을 번 셈이었다.

거기다가 코치로서의 기본 연봉 1억도 별도로 받아, 총 2억 1천만 원.

하지만 그것은 올해 이신의 수입의 절반도 되지 않았다.

개인방송이 허용되는 계약 조건 덕분이었다.

가면을 쓰고 음성 변조를 하고 다른 아이디를 썼지만, 이제 대부분의 팬들이 Player_SIN이 이신이라는 사실을 알고 있었다.

해외에서만 아직 잘 알려지지 않아서 모를 뿐인데, 이제 슬슬 한국어를 잘 아는 해외 네티즌들이 간간히 개인방송에 들어올 정도였다.

그 개인방송으로 벌어들인 한 달 남짓의 수익만으로도 이신은 올해 한국에서 가장 돈을 많이 번 프로게이머가 되었다.

* * *

연습실에서 훈련 및 선수 지도를 마치고 퇴근했다.

"다녀오셨어요."

집에 돌아온 이신에게 귀엽게 생긴 소년이 공손하게 인사하며 반겼다.

소년은 바로 얼마 전에 제자로 들인 찻 차이였다.

동남아 사람에 대해 갖고 있는 편견과 달리, 찻 차이는 하얀 피부와 뚜렷한 이목구비 등 이국적인 외모의 소유자였다.

한국 이름은 이수열이었지만, 이신은 그를 차이라고 불렀다.

왜 이수열이라고 안 부르냐고 차이가 물었더니, 이신의 대답은 이러했다.

"언젠간 해외의 큰 리그에서 활약해야 하는데, 굳이 한국식 이름 갖다 붙이지 마. 세계 어디서나 간단히 이름을 불릴 수 있게 그냥 차이라고 해."

그날로 찻 차이는 이수열에서 차이가 되었고, 스페이스 크래프트 온라인 아이디도 'Chai'로 바꿨다.

"식사하셨어요?"

"어."

"저도 식사했어요. 혹시 나중에 배고프시면 밥이랑 된장찌개 해놓은 거 있으니까 드세요."

이신의 집에서 얹혀살게 된 차이는 요리와 청소, 빨래 등을 거의 도맡아했다.

그럴 필요 없다고 했지만, 차이는 원채 성실해서 말려도 알아서 했다.

한국인 어머니에게서 요리도 많이 배운 탓에 이신의 입맛에 맞는 요리도 했다.

간단히 먹고 치울 수 있어서 인스턴트를 즐기는 이신이었지만, 차이가 온 뒤로는 집에 있을 때도 제대로 된 식사를 하게 되었다.

"훈련은?"

"예, 잘 다녀왔어요. 쌍성전자 선수들은 역시 정말 잘하더라고요. 다들 친절하고요."

"친절 같은 건 필요 없고, 거기가 한국에서 가장 수준 높아. 신지호, 최영준은?"

"최영준 선수와는 연습게임으로 붙어봤어요. 5판 3선승제로 대결했는데 3패를 해버렸어요. 그 선수 정말 대단해요. 어떻게 똑같은 시간에 다른 신족보다 더 많은 병력을 쏟아내는지 이해가 안 돼요."

차이는 이신을 선생님이라고 불렀다.

함께 지내는 동안 이신은 차이에게 많은 것을 가르쳐 주었기 때문이다.

게다가 프로 팀 관계자들에게 연락해 양해를 구해 각 팀 연습실을 전전하며 훈련을 하게 했다. 여러 팀의 다양한 선수들과 연습게임을 치르면서 차이의 실력은 급속도로 늘고 있었다.

"아, 그리고 쌍성전자의 감독님이 저한테 선수 해보지 않겠냐고 제안하셨어요."

"2군?"

선수라고 했으니 연습생 같은 제안은 하지 않을 터였다.

"1군 계약이라고 하던데요."

"미친."

이신은 나직이 욕을 했다.

돈이 많은 쌍성전자다웠다.

한국 e스포츠계의 레알 마드리드를 꿈꾸는 쌍성전자는 특급 선수라면 닥치는 대로 영입하려 들었다.

이미 '광기신족' 최영준에 신지호까지 영입한 쌍성전자는 차이의 어린 나이와 실력에 반한 모양이었다.

"1군 계약을 해도 엔트리에 못 들어."

"알아요. 돈은 많이 주지만 사실상 2군이죠. 저도 그쪽 1군 선수들과 연습해 봐서 아는 걸요. 전 아직 많이 모자랐어요."

"하고 싶으면 해. 상관 안 해."

이미 상당수의 프로 팀들이 차이에게 관심을 보이고 있었다.

최환열의 소개로 이신이 제자로 삼았다는 것은 이미 업계에서는 유명한 이야기.

그 두 사람이 주목한 재능이니 탐이 나기도 했고, 어느 팀은 차이의 자질을 알아보고서 적극적으로 영입하려 들기도 했다.

하지만 그때마다 차이는 이신의 허락을 받아야 한다며 정중하게 거절했다.

"정말 상관 안 하실 거예요?"

차이가 웃으며 물었다.

"안 해."

"하지만 제가 아직 안 했으면 좋겠다고 생각하시죠?"

"어."

"그럼 안 할래요. 선생님이 허락해 주실 때까지 참을래요."

그러면서 차이는 환히 웃어 보였다.

이신은 그런 차이의 머리를 쓰다듬어 주었다.

본래 그런 스킨십을 매우 싫어했지만, 주디를 상대하다 보니 버릇이 되어버렸다.

"빨리 데뷔해서 프로 경기 경험을 쌓아야 일찍 강해질 것 같지?"

"네. 아닌가요?"

"아냐."

이신은 단호하게 말했다.

"프로가 된 순간부터 선수는 연소되는 거야. 지금은 연료를 더 쌓아놔. 무슨 말인지 이해 돼?"

"잘 안 돼요."

차이는 웃으며 솔직히 답했다.

"모르면 됐어. 하여간 네 마음대로 해."

"참고 기다릴 거예요."

그러면서도 참는다는 말로 선수가 되고 싶은 마음을 꼭꼭 표현하는 차이였다.

"5판 3선으로 날 이기면."

이신도 연습하다가 어쩌다 한 번씩 질 수는 있었다.

하지만 5판 3선의 다전제 대결에서 진다는 것은 실력의 문제였다.

"다전제에서 져 본 적 있으세요?"

"있어."

"연습 말고 공식전에서요."

"있어."

"없잖아요?"

"있어. 부전패."

손목을 습격당해 기권한 작년의 사건을 뜻했다.

"그것 말고는 연습 때 외에는 한 번도 져 본 적 없으시잖아요."

"연습 때도 다전제에서 한 번도 안 졌어."

그 말에 차이는 어이가 없어서 키득거리며 웃었다.

함께 연습을 하다가 문득 차이가 다시 물었다.

"근데 왜 방송 때 정체를 숨기세요? 이제 다들 알던데."

"경기장에서 볼 수 있는 모습은 경기장에서만 보여주면 돼."

이신이 말했다.

"이미지도 프로가 되고부터 연소되는 것 중 하나야."

"아, 그런 뜻이 있었구나. 매주 개인방송으로 볼 수 있게 되면 경기에 대한 팬들의 기대감도 줄어들겠네요."

"어. 귀찮으니까 이제 말 걸지 마."

"네."

차이는 입을 꾹 다물고 이신과 연습을 했다.

함께 생활한 지 얼마 안 됐지만 이신의 성격을 파악하기에는 충분했기에, 말을 걸어도 될 때와 안 될 때를 잘 아는 차이였다.

그날 밤늦게까지 이어진 연습에서 차이는 한 번도 이겨보지 못했다. 평소와 마찬가지였다.

신기한 점은, 인류 대 인류로 붙었을 땐 이긴 적이 딱 한 번 있었는데, 인류 대 신족으로 붙었을 땐 아직 한 번도 없다는 사실이었다.

물론 종족 간의 상성상 신족이 인류를 이긴다고는 하지만, 그래도 이신이 신족을 잡을 땐 도저히 이길 수 있는 방법이 생각나지 않는 차이였다.

'혹시 신족을 더 잘하는 거 아닌가?'

그럴 만했다.

인류 플레이어로서의 이신은 지금껏 실컷 알려져 있었다.

이미 전 세계 수많은 인류 플레이어가 이신의 플레이를 공부하고, 또한 수많은 선수들이 이신의 인류를 이길 수 있는 방법을 연구했다.

하지만 이신의 신족 플레이는 아직 베일에 싸여 있는 것이었다.

'아하, 그런 것도 프로가 되면서 연소되는 것 중 하나인가?'

이신의 생각을 조금은 알 것 같은 차이였다.

그렇게 두 사람은 연습을 마친 뒤에 각자의 방에서 잠들었다.

개인리그가 다가오고 있었다.

*　　*　　*

개인리그의 본선은 지난 회의 16강 진출자 16인과 예선 통과자 16인, 총 32명이 모여서 치른다.

이들 32명의 선수는 4명씩 총 8개 조를 이루어, 경기를 치러 조별로 2명씩 16강 진출자를 뽑는다.

그리고는 일반적인 토너먼트 방식으로 최종 우승자를 가린다.

우승자에게 주어지는 상금은 2억.

지난번보다 훨씬 더 높아진 액수였다. 이신의 복귀와 함께 다시 한국 e스포츠는 크게 활성화되었고, 이에 따라 협회도 고무되어서 더 크게 판을 키우기로 한 것이다.

본선 경기를 시작하기 전에 꼭 필요한 행사가 있었다.

바로 조 지명식.

16강 진출을 놓고 겨룰 조를 뽑는 행사였다.

이러한 조 구성은 선수들이 서로를 지명함으로써 이루어진다. 그래서 '조 지명식'이었다.

가장 우선 지명권을 갖는 선수는 지난 대회에서 8강에 진출한 선수들.

그들은 각자 8개 조의 시드권자가 되어서 자기 조에 속할 선수를 한 명 지명할 수 있다.

그러면 그 지명되어 조에 속해진 선수 역시 1명을 지명하여 조에 데려온다. 그 선수 또한 다른 선수를 지명하여, 총 4인의 조 구성이 완성되는 것이다.

당연히 그들은 약한 선수를 자기 조로 데려오려고 하며, 이신 같은 강자는 안 데려오려고 한다.

종족 간의 상성, 그리고 플레이 스타일 간의 상성 역시 고려되어서 지명을 하는데, 모두가 딱 한 명씩밖에 지명할 수 없기 때문에 의도대로 조가 구성되는 일은 많지 않다.

도리어 쟁쟁한 선수들이 몰려 버린 죽음의 조가 탄생되기도 한다.

한 조에 속한 4인이 모두 서로와 한 번씩 겨뤄야 하는데, 조

원이 하나같이 강자라면 16강에 진출할 확률이 낮아지는 것이다.

물론 지켜보는 팬들로서는 남의 집 불구경처럼 신이 날 따름이었다. 그래서 팬들에게 이 조 지명식은 아주 흥미진진한 이벤트였다.

누가 누구와 붙게 될 것인가?

때로는 조별 32강전부터 우승후보들이 격돌하는 빅 매치가 성사될 수도 있다.

게다가 지명식에서 인터뷰를 하면서 선수들 간의 도발도 심심찮게 벌어진다. 그러한 스토리와 라이벌 구도가 만들어지면 지켜보는 팬들은 더 즐거워진다.

그러니 e스포츠를 사랑하는 팬들에게 이처럼 기대되는 이벤트가 어디 있겠는가?

우승자, 박영호.

준우승자, 최영준.

그밖에도 8강에 진출했던 황병철, 신지호, 신태호, 이철한, 진철환, 오광태.

이 8인의 시드권자들은 과연 어떤 선수를 지명할 것인지 못내 궁금했다.

특히 예선을 가뿐하게 통과하고 개인리그 본선에 다시 나타난 이신!

모두가 기피할 것이 분명한 이신은 과연 어느 조에 속할 것인가? 월드 SC 그랑프리에서 은메달과 동메달을 딴 쌍영, 혹은 원한이 있는 황병철과 신지호가 혹시라도 이신을 지명하지 않을까?

그렇게 수많은 궁금증 속에서, 마침내 조 지명식이 시작되었다.

*　　　*　　　*

"꺄아아악!"

"우와아아아아!"

강남 e스포츠 경기장에 쩌렁쩌렁한 함성이 울려 퍼졌다.

관객석을 채운 경기장의 관중들은 오늘 경기를 보러 온 것이 아니었다.

단 한 명의 우승자가 탄생하는 그날까지 쭉 이어질 장대한 드라마의 서막을 보기 위해서였다.

—강남 e스포츠 경기장에 오신 모든 관객 여러분들을 진심으로 환영합니다!

캐스터 이병철의 힘찬 인사에 함성이 더 크게 울려 퍼졌다.

이윽고 해설위원 정승태도 등장해 관객들에게 인사를 했다.

—2020년! 정말 다사다난했던 한 해였습니다! 그렇지 않습니까, 정승태 해설위원님?

—예, 그렇습니다. 2020년 전반기는 오랫동안 군림해 왔던

이신이라는 절대자가 사라지고서 갑자기 혼란이 찾아온 시기였습니다. 그야말로 춘추전국시대처럼 수많은 선수들이 비어버린 왕좌를 놓고 각축전을 벌였고, 그 치열한 다툼 속에서 바로 쌍영이 탄생했죠!

—예, 박영호와 최영준! 두 선수는 누구도 예상 못 했던 가공할 경기력을 보여주며 반년 전에 바로 이곳에서 대단한 명승부를 펼치지 않았습니까? 이신 선수의 부재로 상심했던 한국 e스포츠 팬 분들의 허전함을 확실하게 채워준 2개의 샛별이었습니다.

—그밖에도 신지호 선수나 이철한 선수 등도 활약을 펼치면서 강력한 우승후보 중 하나로 자리매김했고, 그야말로 기다렸다는 듯 강자들이 나타났다고 할 수 있겠습니다!

—그런데, 바로 그때 드디어 이신 선수가 돌아왔지요?!

—네, 그렇습니다! 속속들이 출현한 신진 강자들과 돌아온 절대자 이신이 과연 어떤 드라마를 만들 것인지 정말 기대가 됩니다!

캐스터 이병철이 말했다.

—자, 그렇다면 지금부터 선수들을 만나보시겠습니다. 한 선수씩 입장할 때마다 큰 박수로 맞이하여 주십시오! 먼저 첫 번째 선수, CT의 박진수 선수입니다!

팬들이 환호를 하며 입장하는 박진수를 환영해 주었다.

CT의 노장 박진수.

피지컬이 떨어져 장기전으로 갈수록 약해지는 면모를 보였으나, 도박성 전략을 다채롭게 펼쳐 여전히 팀에 기여하는 승부사였다.

—박진수 선수, 정말 대단하지요. 2년 만에 다시 이 자리에 올라왔습니다.

—예, 그렇습니다. 한동안 부진도 있었고, 이제는 예전 같지가 않다는 평을 들었던 박진수 선수인데, 올해 들어서는 또 날카로운 전략적인 플레이를 선보이며 변신에 성공했습니다!

—예, 지난번에 있었던 프로리그 3라운드 플레이오프 결승전에서는 MBS를 상대로 3킬이나 올리지 않았습니까? 그중에는 아직 쌍성전자로 옮기기 전인 신지호 선수도 있었습니다!

이신이 깜짝 해설을 했던 바로 그 경기를 뜻했다.

—예, 정말 박진수 선수가 얼마나 날카로운 지략가인지 알게 해주었습니다. 이번 개인리그에서도 훌륭한 활약을 펼치길 기대하겠습니다!

박진수를 필두로 선수들이 하나둘 등장했다.

각 조의 시드권을 가진 8인을 제외한 선수들이 입장했는데, 입장할 때마다 캐스터와 해설위원이 선수 소개를 해주며 관객들의 호응을 이끌었다.

—자, 이제 시드권을 가진 선수들 8명을 제외하면 2명밖에 안 남았죠?

—하하, 그렇습니다. 올해 후반기에 접어들어서 가장 화제가

된 두 선수입니다.

—먼저, MBS의 신예 주디스 레벨린 선수입니다!

"와아아아아!"

"주디! 주디! 주디!"

"주디야, 사랑해!!"

관객석에서 남성들의 환호가 유독 커졌다.

까만 흑발에 큼직한 푸른 눈동자를 가진 귀여운 서양 소녀. 그러나 앳된 외모와 달리 만 19세인 여자가 MBS의 유니폼을 입고 입장했다.

이제는 한국 e스포츠의 여신이라 불리는 주디였다.

세계를 통틀어도 결코 흔치 않는 여성 프로게이머.

그나마도 프로리그에서 주전으로서 활약하는 여자 선수는 주디뿐이었다.

—신의 제자로 더 유명한 주디 선수!

—코치님이 시켰어요, 라는 명언을 네티즌들에게 선사한 아주 화제의 선수입니다!

—프로리그 4라운드에서 5승 2패의 좋은 성적을 기록해, 결코 거품이 아니라는 것을! 그만한 인기를 얻을 자격이 충분하다는 것을 입증했습니다. 과연 개인리그 무대에서도 좋은 성적을 거둘 수 있을지 기대됩니다.

주디는 환호를 받으며 수줍게 등장해 빈자리에 앉았다.

그리고…….

"꺄아아아아아아아악!"

"오빠아아아—!!"

아까와는 반대로 여성 관객들의 비명이 쩌렁쩌렁하게 울려 퍼졌다. 거의 절규에 가까운 열광적인 환호를 받으며, 이신이 등장했다.

—신이 돌아왔습니다! 이 말 외에 무슨 표현이 더 필요합니까?

—예, 돌아왔습니다! 쌍영에 신지호에 이철한 등 수많은 쟁쟁한 신진 강자가 나타났어도, 아직 그 신성불가침의 영역에 발을 들이지는 못했습니다. 모든 프로게이머가 바라 마지않는 그 황금 옥좌의 주인이 이 자리에 나타났습니다! 이신 선수입니다!

이신은 그렇게 위풍당당하게 입장했다.

그냥 평범하게 걸어 나왔을 뿐이었지만, 모두들 그에게 쏟아지는 스포트라이트가 후광처럼 보이는 착각을 느꼈다.

큰 키와 아름다운 얼굴, 그리고 절대적인 강함을 겸비한 거인.

이름 그대로 신이라 불리는 주인공의 등장이었다.

이신이 입장하자 주디는 냉큼 옆으로 당겨 앉으며 그가 앉을 자리를 넓혀주었다. 그 모습이 화면에 잡히는 바람에 관객들이 웃음을 터뜨렸다.

—아, 스승과 제자가 나란히 앉았네요. 그림입니다, 그림.

—인터넷 커뮤니티에서의 별명이 신과 여신이죠.

사실 이신에게 사사받은 또 다른 선수로 정다울이 있었지만, 종족도 다르고 활약상도 애매해 신의 제자라는 타이틀을 얻지 못했다.

이신과 주디 사이에 정다울이 끼면 그림의 퀄리티가 몇 단계 떨어진다는 불행한 이유도 포함되어 있었다.

아무튼 이신이 시드권자가 아닌 채로 본선 조 지명식에 나타난 것은 신인 첫 데뷔 때 이후로 처음이었다.

—자, 그렇다면 지금부터 조 지명식을 본격적으로 시작할 건데요, 우선 제1조의 시드권자부터 이 자리에 모시겠습니다! 제1조의 시드권자, 지난 대회의 우승자! 바로 박영호 선수입니다!

역시나 만만치 않은 환호를 받으며 나타나는 박영호.

주디, 이신에 비해 작은 키에 못생긴 얼굴은 초라하기 이를 데 없었다. 하지만 박영호는 남성 못잖게 여성의 환호도 만만찮게 받았다.

원채 재치와 입담을 과시해서 e스포츠의 개그맨 같은 포지션을 가지고 있는 박영호라 여성 팬들에게 귀엽다는 평을 많이 듣는 것이었다. 게다가 철벽괴물이라 불리는 강력한 실력으로 반전적인 매력까지 있었다.

박영호는 한껏 거만을 떨며 걸어와 무대 중앙에 따로 마련된 자리에 앉았다.

캐스터 이병철이 박영호에게 마이크를 건네며 물었다.

—이야, 박영호 선수! 못 본 사이에 신수가 많이 훤해지셨습니다. 그동안 좋은 일 있으셨습니까?

—팀의 스타일리스트 누나 솜씨가 나날이 일취월장하고 있습니다.

박영호는 시작부터 웃음을 선사하였다.

—이야, 그렇군요. 하긴, 박영호 선수를 꾸며주려니 실력이 늘 수밖에 없겠어요.

—거 무슨 뜻이에요?

—칭찬이었습니다.

캐스터 이병철은 대충 얼버무렸고 관중들의 웃음이 점점 커져 갔다.

해설위원 정승태가 끼어들었다.

—오늘 이 자리에 지난 회의 우승자이자 1조의 시드권자로서 당당히 등장하셨는데, 어떤 선수를 지명할지 생각은 해두셨습니까?

—이신이요.

박영호는 거침없이 말했다.

"오오오!"

관객들이 깜짝 놀랐다. 캐스터 이병철도 놀라 물었다.

—아, 정말 오늘 이신 선수를 지명하실 생각이십니까?

—예.

—아아, 그건 혹시 프로모션 영상의 주인공 자리를 빼앗긴

원한에 대한 복수입니까?

—아 진짜! 그 얘기가 왜 나와요?

박영호가 자리에서 벌떡 일어나 항의하자 모두가 웃음을 터뜨렸다.

—말이 나와서 말인데, 제가 한국 e스포츠의 발전을 위해 이 한 몸 희생을 했으면 고마워서라도 두 분이 절 좀 띄워줘야죠! 그런데 아까부터 절 까기만 하시고, 생긴 게 이렇다고 정말 제가 개그맨인 줄 아세요? 까면 웃긴다고 계속 까게? 아 진짜, 무슨 지난 회 우승자한테 대접이 이래!

속사포 같은 말발이 폭발한 박영호.

경기장이 웃음으로 가득 채워졌고, 내공이 대단한 캐스터 이병철조차도 웃음을 그치지 못했다.

"박영호! 박영호!"

"잘생겼다, 박영호!"

"철벽미남 박영호!"

농담 섞인 박영호 골수팬들의 응원이 울려 퍼지자 박영호는 손을 흔들며 화답했다.

쇼맨십과 예능감이 투철한 박영호의 또 다른 별명은 '조 지명식의 본좌'였다.

—자자, 잘생겼다고 팬 분들이 칭찬하시니 이만 화를 푸세요. 잘생겼습니다, 박영호 선수.

박영호가 도로 자리에 앉자, 캐스터 이병철은 이번에는 이신

쪽을 바라보았다.

—자자. 이신 선수, 들으셨지요? 이에 대해 어떻게 생각하십니까?

또 다른 마이크가 이신에게 넘어갔다.

이신이 입을 열었다.

—동의하지 않습니다.

—예?

뜬금없는 말에 모두가 의아해졌다.

이신의 말이 이어졌다.

—박영호 선수는 잘생기지 않았습니다.

또다시 웃음이 폭발했다.

훗날 '역대급'이라 불리는 조 지명식은 그렇게 시작되었다.

—게임이 아닌 다른 의미로 저 사람과 한 판 붙고 싶습니다.

박영호가 발끈해서 말했고, 캐스터 이병철은 웃으며 두 사람을 중재했다. 웃겨서 미치겠다는 분위기 속에서, 이신은 농담을 거두고 진지하게 말했다.

—저를 지명한다면 저로서도 환영입니다.

—이야, 자신만만하시네요.

—제가 박영호 선수의 지명을 받는 상황도 사전에 고려를 해봤고, 준비한 전략도 몇 가지 있습니다. 제 지명권까지 잘 활용한다면 박영호 선수를 일찌감치 탈락시킬 수도 있을 겁니다.

이신의 대답은 자신만만했다.

하지만 자신감보다는 특유의 객관적인 말투라 더욱 설득력 있게 들렸다.

—자, 박영호 선수. 이신 선수도 기꺼이 지명을 환영한다는 입장인데, 이제 슬슬 지명권을 선택하실 때가 됐네요.

캐스터 이병철은 무대 중앙에 있는 게시판과 32개의 명찰들을 가리켰다.

—자, 지명하고자 하는 선수의 명찰을 떼서 1조에 붙이시면 됩니다.

—예.

고개를 끄덕이며 일어난 박영호.

한 번 스윽 이신의 눈치를 보더니, 이신의 명찰을 집어 들었다.

"오오오오!"

"진짜로?!"

관객들이 탄성을 터뜨렸다.

그런데 다시 한 번 눈치를 보던 박영호는 이신의 명찰을 내려놓고, 대신 오창수 선수의 명찰을 집어 1조에 넣었다.

오창수의 얼굴이 당혹감으로 물들었다. 그는 박영호와 같은 괴물 플레이어였다.

"에이!"

"우우우!"

쏟아지는 야유.

박영호는 우스꽝스럽게 자기 얼굴을 감싼 채 자리에 앉아 고개를 숙였다.

—아니, 박영호 선수! 박영호 선수, 이게 어떻게 된 겁니까? 그렇게 패기만만하게 이신 선수를 지목할 땐 언제고요?

—아니, 다시 생각해 보니까 다전제에서 제대로 정정당당하게 겨루는 편이 더 남자답고…….

—혹시 쫄았습니까?

—에이, 쫄다니요? 설마요…….

박영호는 계속 관객들의 야유를 받았다. 어쨌든 가지가지로 개그 캐릭터로서 분위기를 한껏 띄워놓는 박영호였다.

지명 당한 오창수도 열심히 해보겠다고 인터뷰를 한 뒤에 2조로 넘어갔다.

2조의 시드권자는 신태호였다.

얼마 전에 이신의 지뢰 비비기에 패했던 신태호는 같은 팀의 황병철과 함께 절치부심으로 복수의 칼날을 갈고 있었다.

신태호는 벌떡 일어나 주디의 명찰을 떼어내 2조에 붙였다.

—오, 주디 선수를 지명했습니다! 특별한 이유가 있습니까?

—일단 MBS에 갚아줘야 할 빚이 있는데, 최종 목표는 이신 선수이지만 일단은 그 제자부터 시작하겠습니다.

—아, 4라운드 3차전의 복수를 하겠다는 각오이시군요. 그렇다면, 주디 선수? 주디 선수의 소감을 듣고 싶군요.

주디는 이신에게 마이크를 건네받았다.

—이길 수 있는 상대라고 생각해요.

주디는 순진한 눈망울을 반짝거리며 대답했다.

오오오, 관객들의 함성.

—이야, 그렇습니까? 왜 그렇게 생각하십니까?

—저…….

주디는 대답을 하지 못했다. 그러면서 힐끔힐끔 옆에 있는 이신의 눈치를 보는 것이었다.

캐스터 이병철은 금세 상황을 알아차렸다.

—혹시 옆에서 코치님이 그러셨습니까?

—네…….

"와하하하!"

선수들까지도 웃음을 터뜨릴 수밖에 없었다.

달리 신의 아바타라는 별명으로도 통하는 주디는 조 지명식에서도 일관된 이신 바라기의 모습을 보여주었다.

—자자, 그럼 이신 선수. 어째서 할 만한 상대라고 생각하셨습니까?

결국 주디를 대신해 마이크를 잡은 이신이 발언했다.

—인류 대 인류 전은 기본기와 인내가 핵심이 되는 장기전이 될 겁니다. 거기서 주디가 밀릴 이유가 없습니다.

신태호는 표정 관리에 최선을 다했지만, 속은 부글부글 끓고 있었다. 자신을 저 여자보다도 못하다고 평하는 이신의 태도에

분기가 치밀었다.

그렇게 조 지명식은 계속 진행되었다.

옛날과 달리 선수들은 자신감이 넘쳤고 상대 선수를 도발하는 데도 거침이 없었다.

원채 연령대도 어리고 게임에 모든 것을 건 탓에 인간관계도 넓지 않은 프로게이머들.

그래서 예전에는 인터뷰를 시켜도 목소리도 어눌하고 제대로 말 못하는 경우가 많았는데, 요즘은 시대가 많이 달라졌다.

프로게이머도 연예인이며 팬들의 사랑으로 먹고 산다는 인식이 생겨서 자신감 넘치게 자기 의사를 표현하려고 노력하는 중이었다.

개인방송을 하면서 프로게이머들의 화술이 향상된 면도 있었고, 아무 거리낌 없이 할 말을 다 해버리는 이신의 영향도 컸다.

조 지명식은 많은 호응을 받으며 흥행을 이루었는데, 이신이 속한 조는 다음과 같았다.

8조 : 이철한, 임성균, 왕찬수, 이신.

이철한은 이신이 프로리그에 복귀하자마자 붙었던 상대로, CT의 에이스이자 괴물 플레이어였다. 2항공 빌드를 택한 이신의 스텔스 전투기 컨트롤에 무참히 패했던 전적이 있었다.

그는 무난한 신족 플레이어인 임성균을 지명했는데, 괴물로서는 종족 상성상 신족이 상대하기 편했기 때문이었다.

임성균 또한 종족 상성을 따져서 인류 플레이어인 왕찬수를 지명했다.

문제는 아무도 이신을 지명하지 않았다는 것.

결국 마지막까지 남은 이신은 순서상 8조의 빈자리에 들어가게 되었다. 8조에 속한 세 선수가 울상이 된 것은 물론이었다.

한편, 신태호에게 지명되어 2조가 된 주디는 자신의 지명권을 박진수에게 사용했다.

도박성 전략에 능한 노련한 승부사 박진수.

이번에 첫 데뷔를 한 주디가 신인 킬러라고 불리는 노장 박진수를 지명한 것이었다.

이는 순전히 이신의 머리에서 나온 지명이었다.

주디는 꼼꼼한 데다가 정석적인 운영에 능했다.

때문에 박진수에게 파고들 빈틈만 주지 않으면 무난하게 운영으로 이길 수 있었다.

실제로 주디의 첫 데뷔전에서 승리를 거둔 상대가 바로 박진수였고 말이다.

반면에 신태호는 머신이라 불릴 정도로 장기전에 능하지만, 초반에는 철두철미한 측면이 다소 부족했다.

더욱이 신태호는 고교 1학년생밖에 안 된 신예.

'도박사' 박진수가 좋아하는 먹잇감이었다.

주디에 이어 박진수도 신태호를 꺾으면, 잘하면 골치 아픈 신태호를 32강에서 일찌감치 떨어뜨려 버릴 수 있다는 구상이었다.

'그렇게 됐으면 좋겠군.'

이신은 신태호가 꺼림칙했다.

이길 자신이 없는 건 아니었지만, 인류 대 인류 전은 특성상 필히 장기전이 될 공산이 컸다.

특히나 신태호는 머신이라 불릴 정도로 장기전을 좋아했다. 자칫 지루한 체력전이 될 수도 있었는데, 이신은 그런 재미없는 경기가 딱 질색이었다.

인터넷 언론들은 조 지명식의 결과를 즉각 뉴스에 실었다.

그들이 애용하는 단골 소재는 아니나 다를까, 이신이었다.

이신 "박영호 못생겼어" 직격탄에 박영호 격분

이신 지명을 피한 박영호 "복수보다는 실리 추구"

(칼럼)2020년 후반기 개인리그의 우승 후보는?

이신의 우승 가능성은?

별들이 모두 모인 성대한 축제 개막, 한국 e스포츠의 르네상스 돌아올까

한국 e스포츠 협회 "개인리그 흥행 자신" 이신 효과?

이신이 또다시 우승할 수 있을지가 모두의 관심사였다.

그리고 사실 모두가 이신이 다시 신으로서 군림하기를 원하고 있었다. 그것이 이신이라는 스타에게 어울리는 시나리오였기 때문이었다.

실제로 예전의 기량을 되찾은 모습을 보여준 이신.

하지만 예전과 달리 이번 개인리그는 강적이 워낙 많았다. 누구에게 발목을 붙잡혀 떨어져도 이상할 게 없었다.

*　　　*　　　*

이신의 연습 상대를 해주던 차이는 초반의 갑작스러운 공격에 당황했다.

인류 대 인류 전에서 설마하니 보병과 기동포탑, 건설로봇을 대거 이끌고 치즈러시를 감행할 줄은 몰랐던 것이다.

인류 대 인류의 싸움은 대부분이 장기전이었기에 약한 병영의 유닛을 뽑는 일이 없었다.

차이는 고속전차를 계속 생산해서 열심히 방어했지만, 이신은 의무병까지 추가해 보병과 조합된 병력으로 완벽하게 차이를 박살 냈다.

고속전차를 순식간에 에워싸 빠른 이동 속도를 무용지물로 만들어 버리는 건설로봇의 블로킹도 예술의 경지였다.

차이는 한숨을 푹 쉬고는 고개를 절레절레 내저었다.

—Chai : GG
—Kaiser : GG

두 사람은 이어폰을 빼고 자리에서 일어섰다.
"그건 반칙이에요."
"뭐가?"
"컨트롤이요. 다른 인류 플레이어였다면 충분히 막을 수 있는 상황이었어요."
"수학 공식처럼 정형화된 판단을 내린다면 방금처럼 되는 거지."
"……."
"그런 상식에 의존할 바에는 정찰을 강화해. 경기의 대부분은 초반 5분 안에 이미 승패가 갈리게 되어 있어."
"네."
"다시 한 판."
"네!"
이신은 다시금 매섭게 차이를 몰아세웠다.
그렇게 연습을 빙자한 가르침을 받으면서, 차이는 의문을 느꼈다.
'선생님의 목적은 뭘까?'
자신을 집에서 데리고 있으면서 게임까지 가르쳐 주는 이신.

그런 그의 저의를 의심하는 것은 물론 아니었다.

하지만 불순한 의도가 있는 건 아니라는 사실을 알지만, 때때로 다른 의문이 들었다.

대체 왜 이렇게 열심히 자신을 가르치려는 것인가.

게다가 이신의 가르침은 마치…….

'선생님 자신을 이기는 법을 가르치려는 것 같아.'

더 빨리 성장해라. 어서 날 이겨봐라. 마치 그렇게 부채질하고 있는 듯했다. 궁금해진 차이는 이신에게 물었다.

"선생님."

"말해."

"혹시 제가 선생님을 능가하기를 바라시는 거예요?"

"어."

이신은 가볍게 대답했다.

"제가 자라서 선생님을 꺾기를 원하세요?"

"어."

"왜요?"

차이가 본 이신은 딱히 정이 많은 사람은 아니었다. 하물며 스승으로서의 애정 따위는 더더욱.

그보다는 자기 자신의 야망이 훨씬 중요한 사람이었다. 승리를 위해 뭐든지 할 수 있는 승부사였다. 그런데 그런 그가 자신에게 청출어람을 바란다니, 이상한 일이었다.

이신이 생면부지의 자신에게 그럴 이유는 없었던 것이다.

이신은 차이의 머리를 쓰다듬으며 말했다.

"다시 도전해서 꺾어버리게."

차이는 멍하니 이신을 쳐다보았다.

자기보다 더 강하게 만든 다음에, 도전해서 꺾겠다니.

차이는 이신의 마음을 이해하기가 힘들었다.

"선생님은 지는 걸 싫어하시잖아요. 그런데 왜요?"

"내가 은퇴를 결심했던 적이 딱 한 번 있었어."

"다치셨을 때요?"

"아니."

"그럼요?"

이신이 말했다.

"처음 금메달을 땄을 때."

"……."

데뷔 첫해, 이신은 개인리그에 이어 월드 SC 그랑프리 개인전마저 파죽지세로 금메달을 따버렸다.

설마 세계 강자들을 상대로도 무패우승을 기록할 줄은 아무도 예상치 못했다. 그 득시글거리는 세계 굴지의 프로게이머들이 이신에게 단 1세트도 따내지 못했다.

분명히 스페이스 크래프트는 실시간 전략 게임이었다.

전략에 따라 승패가 갈리는 가위바위보 같은 심리전. 당연히 이길 때도 질 때도 있는 법이었다.

그런데 이신은 조그마한 빈틈도 보이지 않았다.

상대의 심리를 마음대로 가지고 놀며 학살했다.

외로움.

그저 맹목적인 칭송 속에서 이신은 고독을 느꼈다.

자신이 그토록 사랑한 이 게임의 한계를 보았다고 생각했다.

평생 가야 할 길이라고 생각했는데, 너무 일찍 목적지에 도착했다. 그러면 그 여행자는 이제 어디로 가야 한단 말인가?

"내 모든 걸 보고 배워."

"네."

"그리고 날 꺾어."

"…네."

이신은 차이가 보여주길 바랐다.

자신이 알고 있는 것보다 더 깊고 높은 경지가 이 스페이스크래프트에 있다는 것을 말이다.

제9장
선인

한 남자가 있었다.

위정자가 국정을 농단하며 백성의 고혈을 빨아먹는 어지러운 시대에, 남자는 약초를 캐어 먹고 살았다.

때로는 약초로 사람들을 치료해 주며 도가(道家)의 가르침을 설파하기도 했는데, 때문에 남자는 현인(賢人)이라 불리며 존경을 받았다.

그러자 그런 남자에게 관심을 보인 인물, 아니 존재가 있었다.

바로 악마군주 단탈리안이었다.

모든 학문과 예술에 달통했으며 환영을 만들어 퍼뜨리기도

하는 악마군주 단탈리안. 그는 한눈에 남자의 심연에 자리 잡고 있는 어두운 재능을 알아보았다.

재능이 많은 인간을 찾고 있었던 단탈리안은 이 남자를 보자 장난기가 동하였다.

단탈리안은 도를 깨우치고자 산속에서 약초를 캐며 수행을 하던 남자의 마음속에 간교한 목소리를 불어넣었다.

—지고하게 높은 길을 가고자 하는 이여.

"누, 누구십니까?"

—진정 네가 지고하게 높은 길을 걷고자 한다면 내 말에 귀를 기울여야 할 것이다.

"어디의 선인(仙人)이십니까?"

—그것이 무에 중요할까? 넌 내가 누군지 알면 귀를 기울일 것이고, 모르면 기울이지 않을 것이냐? 옳고 그름을 판별하는 너의 잣대는 그것이냐?

단탈리안은 교묘한 언변으로 남자의 심리를 파고들었다.

"아닙니다. 죄송합니다. 부디 제게 가르침을 내려주십시오."

순응하는 남자.

악마군주에게는 일도 아니었다.

—네가 가고자 하는 길은 무엇이냐? 그 목적은 무엇이냐?

"노자(老子)께서 말씀하셨던, 세상 만물을 관통하는 도를 깨우치고 싶습니다. 왜냐하면 이 각박한 세상에서 사람들의 고통을 낫게 해주고 싶기 때문입니다."

간절한 선한 마음.

하지만 단탈리안은 그것이 삽시간에 먹 한 방울 떨어뜨린 것처럼 검게 될 수 있는 자질임을 귀신같이 알아보았다.

그는 좋은 꾀를 내었다.

—좋다. 일단은 눈에 보이는 고통부터 덜어주어야지. 지고한 길을 걷고자 한다면, 일단은 네가 할 수 있는 일부터 한 걸음 한 걸음 시작해라. 내가 너에게 지식을 주겠다.

단탈리안은 남자에게 사람의 병을 낫게 해주는 수많은 주술을 알려주었다.

더불어 마음의 짐을 덜게 해줄 수 있는 지혜 또한 가르쳐 주었다.

가르침을 받은 남자는 찾아오는 사람마다 주술로 병을 고쳐주고, 또한 그간 살면서 지은 모든 잘못을 참회하게 했다.

그럴 때마다 병이 나은 환자는 자기 죄를 고백하고 뉘우치며 남자에게 절을 했다.

남자는 점점 명성을 떨치기 시작했다.

인근 지역에서 병자들이 찾아오더니, 나중에는 심지어 천 리 길을 멀다 하고 먼 곳에서도 남자의 명성을 찾아왔다.

수많은 부호가 남자에게 감화되어 자기 재산을 바치고 따랐다.

남자를 추앙하고 신처럼 따르는 인파가 족히 수십만을 헤아리기 시작했다.

그럴수록 단탈리안은 남자의 안에 내제되어 있는 검은 자질의 씨앗이 점점 커지고 있다는 것을 깨달았다.

새하얀 순백의 선량함.

너무나도 하얘서 한 방울의 먹물만 떨어뜨려도 삽시간에 번질 것 같은 티 없는 선량함이었다.

"선인이시여. 이제 저는 어떻게 해야 합니까? 선인께서 주신 힘으로 힘써 노력하였지만 고통을 덜은 자보다 고통받는 자가 아직 더 많습니다."

—눈에 보이는 병만 고치려 했으니 한계가 있는 것은 당연지사지. 그렇다면 내가 묻겠는데, 보다 더 많은 사람의 고통을 덜려면 어찌해야겠느냐?

"눈에 보이지 않는 병을 고쳐야 합니다."

—그거야 당연한 이야기다. 내가 다시 묻겠는데, 너는 사람들의 병을 고칠 때에 무엇을 먼저 하였느냐?

남자는 잠시 고민하다가 대답하였다.

"병의 원인을 먼저 알아냈습니다."

—잘 아는구나.

그제야 무언가를 깨달은 남자는 엎드려 절하였다.

"감사합니다. 당장 그리하겠습니다."

남자는 그날 후로 사람들에게 그 가르침을 설파하기 시작했다.

몸이 병드는 것보다 더 무서운 것은 마음이 병드는 것이며,

병의 원인을 알아야 치료를 할 수 있다고 말이다.

그렇게 사람들은 고통을 받는 근본적인 원인을 알고자 하였는데, 그 원인은 한 가지로 귀결되었다.

바로 나라를 다스리는 위정자들이었다. 그들이 나라를 어지럽게 하기에 고통이 만연한 것이었다.

세상의 병을 고치려면 바로 세상을 바꾸어야 한다.

그러한 목소리가 남자를 따르는 추종자들 사이에서 오갔다.

그리고 그 역할을 남자가 앞장서 주기를 원하기 시작했다.

남자는 당황하여 다시 단탈리안을 찾았다.

"선인이시여. 이제 저는 어찌 해야 좋습니까?"

―어떠한 병인지 알고 그 근본적인 원인이 무엇인지 알았느냐?

"그렇습니다, 선인이시여."

―그렇다는 너는 무엇을 망설이고 있느냐?

"그것은 제가 고칠 수 있는 병이 아니기 때문입니다."

―난 네 그 말이 진실로 들리지 않는다. 정말 고칠 수 없는 병일까?

단탈리안은 모습을 감춘 채 한 번도 남자 앞에 드러내 보이지 않았다.

따라서 빙글거리는 간교한 미소를 짓고 있는 단탈리안의 표정을 남자는 볼 길이 없었다.

"그것이……!"

남자는 대답을 망설였다.

—지금 너의 마음은 고통받고 있구나. 그 고통의 원인이 무엇인지 나는 안다.

"……"

—두려움이 아니냐.

"맞습니다, 선인이시여. 저는 너무도 두렵습니다. 제가 해낼 수 있을지 불안하고, 그로 인하여 도리어 더 많은 사람이 고통받을까 두렵습니다."

—잘 말했다. 이제 너도 고통의 원인을 알았구나. 고통의 원인을 알았으니, 이제 어떻게 해야 하는지도 알겠구나.

단탈리안은 또다시 교묘하게 남자를 간교한 논리로 빠뜨렸다.

—대저 지고한 길을 걷고자 하는 자는 무릇 두려움을 이기고 죽을 각오로 용맹 정진해야 하는 법.

"하지만 선인이시여! 저는 정말로 그것을 제가 해낼 수 있을지 모르겠습니다."

—너는 영원히 나를 따르겠느냐?

"…예?"

—영원히 나를 따른다면, 나는 너에게 인간을 초월한 존재로 만들어줄 힘을 주겠다.

"인간을 초월한 존재라면, 바로 선인님과 같은 선인을 말씀하시는 겁니까?"

—쯧쯧, 도덕경의 첫 구절에도 나오거늘. 너는 도를 도라 이름 붙일 수 있다고 생각하느냐?

"그, 그렇지 않습니다. 도를 도라 부르면 이미 도가 아닙니다."

—그런데 어째서 선인이라 이름을 붙이는 것이냐? 너는 정녕 나를 따르지 않겠다는 것이냐?

교묘하게 남자를 속여 계약을 제시하는 단탈리안.

남자는 속절없이 속아 넘어갔다.

"따르겠습니다. 저를 인간을 초월한 존재가 되게 해주십시오."

—좋다.

흐흐, 소리 없이 웃으며 단탈리안은 마침내 준비한 저주를 남자에게 걸었다.

세상 모든 학문을 아는 똑똑한 단탈리안은 저주술에도 능하여 이러한 상황에서 남자에게 걸기 적합한 저주를 알고 있었다.

작은 한 방울의 마력이 맺혔다. 그것이 남자의 품속으로 파고들었다.

단탈리안이 희열을 느끼며 고대해 온 순간이었다.

바로 새하얀 순백에 한 방울의 먹물을 떨어뜨리는 그 순간 말이다!

—너에게 씨앗을 심었다. 그 씨앗은 네 업(業)이 깊어질수록

커져갈 것이다. 그리고 끝내는 너를 인간을 초월한 무언가로 만들어줄 것이다.

"얼마나 커져야 비로소 그 경지에 이를 수 있습니까?"

—일백만인.

"일백만의 사람이요? 그것이 무슨 뜻인지요?"

—때가 되거든 알게 될 것이다. 우리는 이미 계약을 하였으니, 계약은 반드시 이루어질 것이다.

단탈리안은 웃음을 감춘 채 뒷말을 이었다.

—나의 계약자여.

힘을 얻은 남자는 마침내 떨쳐 일어났다.

어지러운 세상을 바꾸기 위하여, 각지에서 그의 추종자와 함께 들고일어나 거병했다.

단탈리안에게서 얻은 수많은 주술과 지식으로 얻은 추종자는 상상을 불허할 정도로 많았기에, 순식간에 남자의 세력은 온 나라에 미칠 정도였다.

그것을 신호탄으로 울분에 차 있던 백성들이 호응하여서 세력은 기하급수적으로 늘어났다.

하지만 남자는 그해에 곧 병들어 몸져눕고 말았다.

"선인이시여……."

—불렀느냐, 나의 계약자여.

"제 몸이 병들어 뜻을 이룰 힘이 없습니다. 선인께서는 제게 힘을 주신다 하지 않으셨습니까?"

—그렇다. 나는 너에게 인간을 초월한 존재가 될 수 있는 힘을 주었지.

"하지만 저는 초월하기는커녕 인간답게 병들어 죽어가고 있습니다. 선인께서 가르쳐 주신 지식과 힘으로도 제 자신의 병은 고칠 수가 없었습니다. 이는 무슨 까닭입니까?"

—육신에 집착하지 마라. 너는 분명히 인간을 초월할 수 있을 것이다. 너도 이미 느끼고 있지 않으냐? 내가 심어준 씨앗이 네 몸 안에서 점점 커지고 있음을.

"씨앗……?"

남자는 눈을 감고 자신의 몸을 관조했다.

과연, 그 말대로 무언가가 구슬처럼 둥그런 형태를 이루고 있었다.

본래는 한 방울이었던 그것이었다.

—나는 분명히 약조하였다. 기억하느냐?

남자가 답했다.

"일백만인……."

—그렇다. 일백만인이다.

"그것이 대체 무슨 뜻입니까?"

—흐흐흐.

단탈리안이 웃었다.

"어째서 웃으십니까?"

—크흐흐흐흐.

"선인이시여?"

한 번도 듣지 못했던 선인의 웃음소리에 남자는 당황했다.

그것은 그간 그가 섬겼던 선인의 것이라고는 상상도 되지 않는 간사한 웃음이었다.

"어째서 그리 웃으시는 것입니까?"

—일백만인이 무엇인지 가르쳐 줄까? 그것은 말이지.

단탈리안은 웃으며 말을 이었다.

—너를 신앙으로서 섬기며, 너를 위해 죽는 사람의 숫자다.

"……?!"

기절할 것처럼 놀란 남자에게 단탈리안이 소리쳤다.

—축하한다! 나의 계약자여! 이미 백만이 훌쩍 넘어 너는 오래전에 그 조건을 만족하였다.

"서, 선인……!"

—인간으로서의 너는 자질이 내 기대에 한참 못 미치지만, 악마로서의 네 자질은 얘기가 다르지.

"악마……?"

—이런, 내가 얘기 안 해줬던가? 인간을 초월한 존재가 되고 싶다고 하지 않았더냐? 난 분명히 약속을 지켰는데.

"그, 그, 그 무슨……."

남자의 병들고 야윈 몸이 바들바들 떨렸다.

—하급 악마가 된 것을 축하한다. 이제 그만 그 하잘것없는 몸뚱이는 버리고 나에게 오려무나. 내가 어서 너를 맞이하기

위해 씨앗이 자랄수록 몸이 병들게 했거든.

"나는 선인이……."

—악마인들 어떻고 천사인들 어떻고 신선인들 어떠냐. 네가 원하는 도라는 것은 어디에나 있으니 나와 함께 갈 곳에도 있겠지. 암, 그렇고말고.

"또 그런… 교묘한… 궤변……."

그것을 끝으로 남자는 숨을 거두었다.

남자가 죽은 뒤에도 추종자들은 계속 세상을 바꾸기 위해 싸웠다.

그러나 싸울수록 세상은 더욱 어지러워졌다.

이미 저주술의 조건인 일백만인을 채웠건만, 남자에게 심겨진 씨앗은 그 후에도 계속 커져 갔다.

그의 죽음 후에도, 그리고 시대가 한참 흐른 뒤에도 그 남자를 섬기고 후계자를 자처하며 들고일어나는 자들이 생겼기 때문이다.

까마득히 긴 세월이 지난 후에야 남자는 더 이상 신앙의 대상이 되지 않게 되었고, 씨앗은 성장을 멈추었다.

하지만 단탈리안의 계약자가 된 남자는 그 씨앗의 성장으로 인하여 하급을 넘어 중급 악마로 화하였다.

그리고 중급 악마이자 계약자로서 활약하여 단탈리안의 서열을 71위에서 65위로 끌어올렸다.

단탈리안이 꿰뚫어본 대로, 악마로서의 그의 자질은 인간이었을 때의 자질을 한참 능가하는 것이었다.

개인리그를 앞두고 마계에 불려온 이신은 덤덤히 그레모리에게 물었다.

"다음 상대가 누구입니까?"

"다음 상대는 악마군주 단탈리안이에요. 하지만 오늘 카이저를 부른 건 그것 때문만은 아니에요."

"그럼?"

"드릴 선물이 있어요."

"선물 말입니까?"

"네. 아직 예전의 성세를 다 되찾지는 못했지만 카이저를 만나고서 서열과 세력을 회복하고 있고, 이제 더 이상 아무도 저를 무시하지 못하죠. 때문에 그런 고마움을 담아 준비했어요."

"주시겠다니 감사히 받겠습니다."

기대한 적은 한 번도 없었지만, 선물을 주겠다니 딱히 마다할 생각도 없는 이신이었다.

그레모리는 예쁜 눈웃음을 지으며 말했다.

"무엇보다도 하급 악마가 되신 것에 대한 축하의 의미도 있고요."

하급 악마라는 말에 이신은 움찔했다.

한동안 신경을 끄고 있었던 일이 다시금 떠오른 것이다.

"선물이라고 해봐야 약소한 것이니 너무 큰 기대는 하지 마세요."

"선물이 무엇입니까?"

"하급 악마가 되면 누구에게나 생기는 권한이 있지요."

그녀는 웃으며 말을 이었다.

"바로 영지예요."

"영지?"

"하급 이상의 악마는 누구나 자기만의 영역이 있지요. 생명체가 많이 자생하는 영지일수록 그 주인인 악마에게 많은 마력을 공급해 주죠. 힘없는 악마는 불모지에 자리 잡을 수밖에 없지만, 아무튼 누구에게나 영지는 있죠."

이신은 당혹감을 느꼈다.

영지라고 하면, 옛날 귀족들이 다스리던 그런 땅을 말하는 게 아닌가. 그곳에 사는 백성들에게 세금을 거두며 통치하는 그런 의미라고 생각했다.

그레모리의 말을 들어보면 세금 대신 마력을 주인에게 공급해 주는 것 같았다.

"그런 건 필요하지 않습니다."

서열전 외에는 마계의 일에 관심이 없는 이신이었다.

자신에게 얼마나 이득을 줄지는 알 수 없었으나, 그런 번거로운 일을 마계에 와서 하고 싶지는 않았다.

그런 이신의 마음을 눈치챘는지 그레모리는 웃으며 말했다.

"영지를 얻는다고 해서 일거리가 더 생기는 건 아니에요. 그냥 편히 쉴 수 있는 장소가 하나 생겼다고 보시면 돼요."

"제가 무언가 일을 해야 할 필요가 없는 겁니까?"

"네. 원하시면 영지의 관리도 제 시녀가 맡으면 되고요."

"시녀?"

아무리 그래도 영지의 관리를 일개 시녀에게 맡긴다니.

하긴, 이곳은 마계였다.

자신의 상식으로 판단할 수 없다고 이신은 판단했다.

"어쨌든 가보면 아실 거예요. 약소한 선물에 불과하니 크게 부담 가지실 필요가 없어요."

"일단 한 번 가보겠습니다. 제 영지라는 곳은 어디에 있습니까?"

"궁전 뒤뜰에요."

"……?"

이신이 의아한 눈으로 그레모리를 쳐다보았다.

그레모리는 장난스럽게 눈웃음을 지었다.

"말했을 텐데요. 정말 약소한 선물이라고요."

아무튼 일단은 가보기로 했다.

이신은 시녀의 안내를 받아 궁전 뒤뜰로 갔다.

"이곳입니다, 계약자님."

"정말 약소하다면 약소하군."

뒤뜰에는 나무로 지어진 오두막 한 채가 있었다.

물론 덩그러니 원룸처럼 작은 오두막 한 채만 있는 건 아니었다.

큼직한 오두막은 외견상 넓고 방도 여러 개 있을 것 같았다. 그리고 울타리가 쳐져 있으며 앞마당도 있었다. 앞마당은 아무것도 없이 휑했는데, 물론 이신은 무언가를 심어볼까 하는 생각은 하지 않았다.

'일단 들어가 봐야지.'

어쨌거나 선물로 받은 것이니 말이다.

울타리의 대문을 열고 안으로 들어갔다.

그런데, 그 안으로 발을 들인 순간 묘한 기분이 느껴졌다.

'이게 뭐지?'

느껴본 지 꽤나 오래된 감각.

바로 안락함이었다.

마치 피로로 무거워진 몸을 잠자리에 뉘었을 때처럼 포근하고, 쌀쌀한 날씨에 두꺼운 이불을 머리까지 덮은 것처럼 따스했다.

'이런 게 바로 영지라는 건가.'

기분 좋은 안락함을 느끼며 이신은 안으로 들어섰다.

앞마당에는 아무것도 심어져 있지 않은 채 흙만 존재했다.

오두막 안으로 들어가 보았다.

20평쯤 되어 보이는 오두막 내부는 겉보기와 달리 상당히 호사스러웠다. 침대와 탁자와 의자와 옷장과 책꽂이 등 필요한 가구가 하나같이 사치스러웠다.

바닥에 깔린 융단도 현실세계에서는 볼 수 없는 마계만의 기하학적인 패턴이 수놓아져 있고, 또한 밟을 때마다 푹신한 감촉이 느껴졌다.

팔걸이와 등받이가 정교하게 조각된 가죽 소파에 앉았다.

영지가 주는 포근한 느낌과 더불어 더없이 편안했다.

모든 복잡한 상념이 사라지고서 마음이 맑고 편안해졌다.

따라 들어온 시녀가 싱긋 웃으며 물었다.

"마실 것을 드릴까요?"

"어."

시녀는 빠르게 따듯한 차를 가져다주었다.

이름 모를 차는 녹차와 비슷한데 맛의 균형을 해치지 않는 선에서 살짝 달콤한 맛이 나 혀를 즐겁게 했다.

좋은 것들로만 가득 찬 마계였지만 그중에서도 가장 마음에 드는 것은 방금 선물받은 이 작은 영지였다.

잠깐 있었음에도 몇 시간쯤 푹 쉰 것처럼 마음이 가벼워진다. 안락함에 몸과 마음을 맡긴 채, 이신은 그대로 소파에서 들었다.

* * *

"카이저는 어떠니?"

"무척 흡족해하는 반응이었습니다."

이신을 안내해 주었던 시녀가 그레모리의 물음에 대답했다.

"후훗, 그렇구나."

"만족할 수밖에 없습니다. 존귀하신 악마군주 그레모리 님의 궁전 안에 마련된 영지이니까요. 그 어떤 악마가 그런 호사를 누릴 수 있을까요?"

시녀가 선망의 눈길로 그레모리를 바라보며 말했다. 그레모리의 권속에 속한 시녀는 그녀에 대한 존경심이 가득했다.

"후훗, 그렇지. 하지만 기억하렴. 그는 나에게 더 많은 것을 얻게 해주었단다. 카이저의 진정한 값어치에 비하면, 이 정도는 티끌에 불과한 것이지."

"명심하고 성심껏 그의 시중을 들겠습니다, 악마군주 그레모리 님."

시녀는 공손히 대답했다.

어쨌거나 카이저가 만족했다니 그레모리로서도 대만족이었다.

상급 악마 엘티마, 암두시아스, 벨리알, 플라우로스, 데카라비아, 세에레.

카이저는 그레모리를 위하여 이 같은 상대를 격파하고 그녀를 서열 66위로 올려주었다.

계약자로서 서열전에 임할 때에는 단 한 번도 망설이거나 실책을 범한 적이 없었다. 늘 단호하고 빈틈이 없어서 믿음직했다.

그런 그의 서열전 전적도 어느새 6승 1패.

10승을 기록할 때마다 계약을 유지할지 해지할지를 선택할 수 있다는 계약 조항이 있었으므로, 그레모리로서는 그에게 신경 써주지 않을 수가 없었다.

'생각 같아서는 그를 완전한 내 권속으로 만들고 싶은데.'

그레모리는 카이저 때문에 안달복달했다. 그를 권속으로 삼을 수만 있다면 어떤 대우라도 해줄 용의가 있었다.

그녀가 누구인가.

다름 아닌 악마군주 그레모리! 강자존의 마계에서 가장 지체 높은 72악마의 하나였다. 그런 그녀의 권속이 되는 것은 수많은 악마가 바라 마지않는 영광이었다.

심지어 그레모리는 72악마군주 가운데 가장 휘하의 악마들에게 상냥하기로 정평이 나 있었기에, 추락하기 전에는 수많은 악마가 그녀에게 모여들었더랬다.

그런 그녀가 간절히 바랄 정도였던 것이다.

'여유를 갖고 기다려 보자. 아직 카이저는 마계에 익숙해지지 않았어.'

힘을 가진 자에게 마계가 얼마나 살기 좋은 곳인지, 악마군주 그레모리의 총애를 받는 것이 얼마나 행복한 일인지, 그녀는 그에게 만끽하게 해줄 참이었다.

계약자를 권속으로 삼고 싶어 하는 것은 비단 그레모리만의 생각이 아니었다.

상위 서열에서는 이미 악마군주들이 실력을 성적으로 충분히 입증한 계약자들을 권속으로 삼은 상태였다.

하위 서열에서도 조아생 뮈라나 오운(오자서)이 그런 케이스였다.

문제는 이신이 아직 살아 있는 인간이라는 점.

이미 하급 악마가 되었지만, 그는 여전히 인간으로서 인간 세계에서 삶을 살아가고 있었다. 인간계에 있는 육신이 아직 수명을 다하지 않는 한, 그는 언제든 마력을 포기하고 인간으로 돌아갈 수 있었다.

이번에 영지를 마련해 준 것 또한 그의 마음을 사기 위한 장치였다.

그레모리의 궁전 내부에 마련된 영지!

그 영지는 자체로 아주 특별한 기능을 한다.

영지는 그 주변 환경의 영향을 받아 특성이 만들어진다.

악마들의 영지마다 고유의 특성이 있으며, 따라서 악마들은 훌륭한 영지 특성을 얻기 위해 좋은 땅에 자리를 잡고 싶어 한다.

그런 의미에서 이제 갓 하급 악마가 된 이신이 이러한 곳에 영지를 얻은 것은, 수많은 악마들이 부러워하고 시기할 만한 일이었다.

바로 그녀의 능력인 치유가 영지 특성으로 작용하니 말이다!

'영지를 갖게 되면 능력도 더 빨리 각성할 수 있을 거야. 능

력을 각성해 악마로서의 진정한 힘을 얻으면, 카이저도 보다 악마로서의 자신의 존재에 매력을 느끼겠지.'

그레모리는 서두르지 않고 차근차근 목적을 향해 손을 썼다.

일단은 계약을 연장하는 것. 그리고 그의 마음을 얻어 자신의 권속으로 만드는 것.

어차피 인간에게는 한정된 수명이 있었다.

생을 다하여 죽으면 그때도 다시 설득할 기회가 생긴다. 악마군주 그레모리에게 그 기다림은 그다지 긴 게 아니었다.

결국 언제가 되었든 카이저는 선택의 기로에 서게 된다.

그리고 그레모리가 제시한 길을 선택하는 편이 그에게 가장 이로울 것이라고 그녀는 확신했다.

'당신에게 많은 것을 바라지 않아요. 나를 위해 싸워줄 것. 악마군주로서의 나의 명예를 지켜줄 것. 그것 하나면 돼요. 그러니 어서 나에게 왔으면 좋겠군요.'

* * *

오랜만의 휴식이었다.

프로게이머가 되고부터 숨 가쁘게 살아왔던 이신이었다.

분야만 특이할 뿐, 이신은 전형적인 워커홀릭이었다.

게임에 대한 열정과 인정해 주지 않는 부모님에 대한 반발로 치열하게 살아온 이신. 그는 아무것도 하지 않고 쉬는 것이 불안해서 견딜 수 없어 했다.

그래서 끊임없이 연습을 하고 또 했다.

어쩌면 그레모리의 부름을 처음 받았을 때 손목뿐만이 아니라 전신이 만신창이가 된 것은 당연한 일이었다.

프로게이머의 모든 직업병을 짊어지고 있었으니 말이다. 이를테면, 그것은 신이라 불리는 경지를 손에 넣은 대가를 몸으로 치른 것이라 할 수 있었다.

아무튼 그렇게 휴식과는 거리가 한참 먼 이신.

체질적으로 쉬는 것을 못하는 그가 지금은 아무것도 하지 않고서 오두막에서 한가로운 나날을 보내고 있었다.

마치 그동안 못했던 휴식을 다 하겠다는 듯, 이신은 영지가 주는 달콤한 안락함에 취했다.

이 휴식이 길게 지속되면 선수로서의 감각이 무뎌질 위험이 있었다.

하지만 그 정도야 연습 좀 하면 충분히 회복할 수 있는 정도. 지금의 휴식은 이신에게 득이 되는 일이었다.

여유를 가지고 늘 긴장 상태로 놓여 있는 정신을 진정시킨다.

한 번도 느껴보지 못했던 나태함이었다. 하지만 마음을 비우자 이신의 마음속에 다른 생각이 떠올랐다.

'다음 서열전은 악마군주 단탈리안이라고 했던가? 내 상대가

누가 될지 궁금해지는군.'

승부의 세계가 주는 흥분과 짜릿함은 영지의 안락함을 아득히 뛰어넘고 있었다.

사흘째 되던 날, 이신은 영지에서 나와 궁전에 돌아왔다.

"어땠나요?"

그레모리가 웃는 낯으로 물었다.

"아주 마음에 듭니다. 제 평생 이렇게 편히 휴식을 가진 적이 없었습니다."

"휴식은 중요하죠. 이걸 받으세요."

그러면서 그레모리는 반지를 하나 내밀었다.

이신은 일단 그것을 받아 들었다.

"이게 뭡니까?"

"영지의 특성을 발현시켜 주는 촉매제예요."

의아해하는 이신에게 그레모리가 계속 설명해 주었다.

"그걸 착용한 채로 마력을 주입하면 영지에서 휴식을 취한 것과 같은 효과가 나타날 거예요."

"마력을 사용해야 하는 겁니까?"

"네. 1마력만 주입해도 효과가 발휘돼요. 본래 세계에 있을 때에도 그걸로 편안한 휴식을 할 수 있을 거예요."

반지는 은은한 광택이 흐르는 은색의 굵은 반지였다. 반지에 새겨진 기이한 문양들이 신비롭게 느껴졌다.

이신은 그것을 오른손 검지에 끼웠다.

"감사합니다. 귀한 선물을 받았습니다."

"후훗, 그럼 좋은 성과로 보답해 주세요."

"그럴 생각입니다. 다음 상대는 누구입니까?"

"말씀드렸다시피 이번에 우리가 도전할 상대는 65위의 악마군주 단탈리안이에요."

"예, 기억합니다."

"이번 서열전은 상당히 어려운 싸움이 될지도 몰라요."

그 말에 이신은 궁금증을 느꼈다.

상급 악마 엘티마나 카사노바는 그렇다 치더라도, 지금껏 상대한 계약자들도 충분히 쟁쟁한 인물들이었다.

흑태자 에드워드, 사나다 마사유키, 조아생 뮈라, 후당 황제 이존욱. 이들도 하나같이 생전에 남다른 활약을 떨쳤던 영웅들이었다.

그런데도 이번에는 상당히 어려운 싸움이 될 거라고 하니 의문이 들었다. 그렇다면 그들보다도 더 대단한 계약자란 말인가?

그레모리가 말했다.

"단탈리안은 본래 서열이 아주 낮은 악마군주였지만, 유독 남다른 지혜와 지식이 있는 자였죠. 그는 아주 독특한 방식으로 자신만의 계약자를 얻었어요. 그 계약자는 그를 65위로 올려놓았죠."

이신은 잠자코 그레모리의 추가 설명을 기다렸다.

"단탈리안의 계약자는 처음 계약자의 신분이 되었을 때 이미 하급 악마였어요."

"……?"

"지금은 벌써 중급 악마예요."

"어떻게 서열전을 치른 적이 없었는데 이미 하급 악마일 수가 있습니까?"

하급 악마가 되려면 1,000마력 이상이 있어야 한다.

인간이 그 마력을 얻는 방법은 이신이 알기로는 악마군주에게 이겨서 소원으로 마력을 요구하는 것뿐이었다.

그나마도 한 악마군주당 한 번씩만 소원을 빌 수 있었다. 여러 번 이겨도 소원은 처음 한 번밖에 요구할 수 없다.

'무슨 수로 벌써 중급 악마가 될 정도로 많은 마력을 쌓았는지는 굳이 알 필요가 없다. 문제는 왜 그 이야기를 꺼내느냐다.'

이신이 입을 열었다.

"상대 계약자가 중급 악마인 것이 서열전에 영향을 끼칩니까?"

"그래요."

그레모리는 고개를 끄덕였다.

"조아생 뮈라와 겨뤘을 때를 떠올리시면 돼요."

"조아생 뮈라?"

"카이저가 지금껏 만나본 계약자 중에서도 이미 하급 악마로 각성한 자는 있어요. 오운과 이존욱, 그리고 조아생 뮈라가 그런 케이스지요. 이중 오운과 조아생 뮈라는 각자의 악마군주의 권속이 되었어요."

이신의 뇌리로 어떤 사실이 번개같이 스쳤다.

"악마로서의 고유 능력과 관계되어 있습니까?"

"맞아요."

그레모리는 이신의 통찰력에 흡족해하며 고개를 끄덕였다.

'그렇다면 조아생 뮈라의 능력은 바로 그 비정상적인 전투 능력이다.'

이신은 확신했다.

조아생 뮈라와의 서열전을 돌이켜 보면, 확실히 그의 전투 능력은 기이할 정도였다.

본인이 스스로 소환된 사도에 빙의되어 그만한 전투력을 발휘하다니.

예상 못 한 그 변수에 그만 1패를 하고 만 이신이었다.

제아무리 유럽 최고의 무장이었다고 하지만, 단지 실력 하나만으로 그렇게나 활약할 수 있었을까?

특히 오크 노예로 빙의되어서 이신에게 막대한 피해를 입혔을 때가 압권이었다.

아무리 싸움의 기술이 좋다 해도, 기본적으로 주어져 있는 육체적인 한계는 존재했다. 아무리 고도로 숙련된 테크닉을 지닌 복서라도 단련되지 않은 몸으로는 이길 수 없는 이치였다.

그런데도 그만큼이나 싸웠다면, 그 이상의 무언가가 있지 않을까 의심했던 이신이었다.

'그때도 그랬지.'

조아생 뮈라와 말을 타고 바깥으로 나갔을 때의 기억이 떠올랐다.

그때 조아생 뮈라는 검을 휘둘러 나무를 썩둑 잘라 버리는 어마어마한 능력을 발휘했더랬다.

"놀라긴. 너도 마력이 있을 것 아냐?"

"이 힘에 익숙해지면 헤어날 수가 없지. 그저 평범한 인간이었을 땐 나약해서 어떻게 살았는지 몰라."

'그런 능력을 서열전에서도 발휘할 수 있다고?'

이신은 고개를 저었다.

그렇지는 않다.

그냥 두부 자르듯이 검으로 썩둑썩둑 벨 수 있다면, 이신은 죽었다 깨어나도 조아생 뮈라를 이길 수 없었을 것이다.

조아생 뮈라의 활약상은 그렇게까지 극복 못 할 정도는 아니었다. 틀림없이 서열전에서 능력을 발휘함에 있어 어떤 제약이 있다고 생각되었다.

"단탈리안의 계약자가 누구입니까?"

"장각(張角)이라는 인물이에요."

"장각?"

"들어보셨나요?"

"예."

모를 리가 있겠는가.

삼국지를 전혀 모르지 않고서야 그 이름을 못 들어봤을 리가 없었다.

황건적의 두목 장각.

황건적의 난을 주도하여 세상을 어지럽혔다가 유비·조조·손견 등 수많은 영웅의 활약으로 진압된 반란 수괴로 삼국지연의에 등장한다.

하지만 실제 역사를 토대로 따지자면, 중국사에 최초로 여겨지는 종교 집단의 민란이었다.

후한 말의 폭정에 시달린 백성의 분노가 태평도라는 종교적인 형태로서 분출된 것이었다.

이후에 중국 왕조는 신흥 종교에 대해 경계심을 품게 되었고, 반대로 국가를 타도하려는 종교 세력들은 장각의 후손을 자처하기도 하였다고 한다.

하지만 연의나 정사나 장각이 뛰어난 활약을 했다는 기록은 없었다.

부적과 주술로 민심을 모아 거대한 조직을 형성한 카리스마는 특출하지만, 그 황건적의 난은 곧장 진압되었을 뿐이었다.

'장각 본인도 금방 병들어 죽어버렸다고 들었는데.'

"궁금한 게 있나요?"

그레모리가 이신의 눈치를 살피고는 물었다.

"장각은 제가 알기로 지금껏 상대해 보았던 계약자들에 비하면 보잘것없는 인물이었습니다."

시답잖은 사기꾼 불한당에 불과한 자코모 카사노바를 제외하면 말이다.

"맞아요. 인간으로서의 장각의 자질은 악마군주들이 요구하는 수준에 한참 못 미쳤다고 합니다."

장각을 하찮은 인물로 폄하하는 것은 아니었지만, 서열전에 참여하는 계약자들은 인류사에 수없이 많았던 영웅들 중에서도 추리고 추려 모인 72인이었다. 그 72인에 낄 만한 정도는 아니었다.

"인간으로서가 아니라, 악마로서의 장각은 다른 겁니까?"

이신은 역시나 이번에도 핵심을 짚었다.

"맞아요."

그렇다면 아마도 악마로서의 고유 능력과 관계되어 있을 거라고 생각이 들었다.

"장각과 서열전을 치러보셨습니까?"

"네, 하지만……."

그레모리는 쓰라린 과거를 떠올렸는지 한숨을 쉬며 말을 이었다.

"그가 어떤 능력을 펼치는 것을 보지도 못하고 져 버렸죠."

그녀의 전 계약자, 책상물림 마키아벨리의 역량은 생각보다 훨씬 형편없었던 모양이었다.

장각이 자신의 능력을 펼쳐 보일 필요도 없을 정도로 약했다니.

"다른 루트를 통해 알아보겠습니다. 일단 오운에게 만나자고 연락을 좀 넣어주시겠습니까?"

"알겠어요."

그날, 이신은 궁전을 방문한 오자서를 자신의 영지로 불러들였다.

"이 오두막은 뭐지?"

"제 영지입니다."

"영지?"

오자서는 눈에 이채를 띠었다.

"하급 악마가 되었다는 이야기는 들었지만, 영지를 얻었다는 건 처음 듣는군. 그것도 악마군주의 궁전 내부에 말이지."

"저도 만족해하고 있습니다."

"악마군주 그레모리가 어지간히도 자네를 신임하는 모양이군. 그렇다면 혹시 자네도 그레모리의 권속이 되었나?"

"권속?"

"가신이 되었느냐는 질문이네."

"그렇지 않습니다."

이신은 고개를 저었다.

오자서는 웃음을 흘렸다.

"권속도 아닌데 이만한 대우라니, 아무래도 그레모리는 자네를 간절히 원하는 모양이군. 자네의 생각은 어떤가? 그녀의 권속이 될 생각인가?"

"생각 없습니다."

"호오, 어째서인가?"

"마계에서 영원히 지낼 생각은 없습니다."

이신은 딱히 계약자로서의 의무에 대한 거부감은 없었다.

일단은 자신의 모든 것이었던 프로게이머로서의 삶을 되찾아준 그레모리에게 감사하는 마음도 있었고, 마계의 서열전은 현실의 게임과는 또 다른 재미가 있었다.

하지만 악마로서 영원히 마계에서 살아간다는 것은 아직 살아 있는 인간인 이신에게는 너무나 막연하고 불안한 이야기였다. 오자서는 가만히 생각하다가 다시 말했다.

"그리 말하는 것을 보면, 아마도 자네와 악마군주 그레모리의 계약 조항 중에 계약을 해지시킬 수 있는 여지가 있나 보군."

"예."

특별히 비밀로 할 만한 일은 아니었으므로 이신은 쉽게 인정했다.

"하지만 같은 계약자의 처지로서 충고하자면, 악마군주들 가운데 가장 상냥하고 자네를 총애하는 그레모리의 곁에 머무르는 편이 좋을 걸세."

"어째서입니까?"

"그레모리는 아마도 자네를 정중하게 불러다가 공명정대하게 계약을 성사시켰겠지. 하지만 악마군주들이 다 그녀 같다고 생각한다면 큰 오산일세."

"……."

"자네가 그레모리와의 계약이 끝나고 자유가 되었을 때, 과연 악마군주들이 자네를 가만히 놔둘까? 이미 충분히 뛰어난 실력을 입증한 자네 같은 인재를?"

"……!"

그것은 미처 생각지 못했다.

"암두시아스처럼 새로운 계약자를 찾기 위해 골머리를 앓고 있는 악마군주는 수단 방법을 가리지 않고 자네를 손에 넣으려 들 걸세. 그리고 그들이 수단 방법을 가리지 않는다면, 자네가 과연 그 손아귀를 피할 수 있을까?"

더없이 안락함을 주는 영지였음에도, 이신은 등줄기에서 식은땀을 흘렸다.

"멋대로 자네 인생을 다시 파멸시키고 궁지로 몰아넣어서 계약을 하지 않고는 못 배기게 만들겠지. 간교한 지혜를 가진 악마군주라면 능히 그럴 수 있지. 선인 장각처럼 말일세."

"선인?"

"자네의 다음 상대인 장각의 별명일세. 그는 늘 스스로를 선인이라 자칭하더군."

오자서는 계속 말했다.

"가여운 친구지. 좋은 뜻을 가졌지만 악마군주 단탈리안은 그를 타락시켜 악마로 만들어 버렸지. 아주 현명한 친구였음에도 자기도 모르게 끔찍한 악업을 쌓을 정도로 크게 속아버렸어."

"다른 악마군주들의 표적이 되지 않으려면, 계속 지금의 신분을 유지해야 한다는 것입니까?"

"스스로를 보호할 수 있는 방도가 생길 때까지는 그리해야지."

머릿속이 복잡해졌다.

하지만 이신은 이내 그 고민을 머릿속에서 치워 버렸다.

'지금 고민해 봐야 소용없지.'

일단은 곧 있을 승부에 집중할 때였다.

"장각에 대해 듣고 싶습니다."

"알려줘야지. 자네 덕에 나도 복수에 성공했으니까."

오자서. 즉, 악마군주 안드로말리우스의 계약자 오운은 얼마 전에 악마군주 세에레의 계약자 이존욱을 격파하는 데 성공했다.

놀랍게도 그 서열전은 그레모리가 세에레에게서 승리를 거둔 직후에 벌어졌다.

오자서는 이신에게 무릎 꿇은 직후라 아직 패배의 충격에서 정신을 추스르지 못했던 이존욱에게 곧바로 도전해 버린 것이었다.

도전을 거부할 수 없다는 율법 때문에 악마군주 세에레는 도전을 받아들일 수밖에 없었다.

그리고 오자서의 계략은 적중. 패배를 추스르지 못한 이존욱은 오자서의 심리전에 말려들어 맥없이 연패하고 말았다.

그렇게 악마군주 안드로말리우스는 서열 67위로, 그레모리의 바로 아래에 안착했다.

제10장

악마의 서열전

오자서에게서 장각의 능력에 대하여 들은 이신은 곧장 서열전 준비에 들어갔다.

장각의 주 종족은 엘프.

허를 찌르는 불시의 기습을 좋아하는 유형이라고 했다.

그리고 가장 궁금했던, 악마로서의 능력을 서열전에서 발휘하는 문제에 대해서도 알게 되었다.

'능력을 발휘하는 데 마력이 소모되는 거였군.'

예상대로 서열전에서 계약자가 악마로서의 고유 능력을 발휘하려면 두 가지 조건을 만족해야 했다.

첫째, 사도에게 빙의할 것.

사도에게 빙의하는 간접적인 방법이 아니면 계약자는 지휘 외에 서열전에 물리적으로 개입하는 것이 불가능했다.

둘째, 능력을 발휘하면 마력이 소모된다.

능력을 쓸 때마다 노예들이 열심히 채집한 마력이 소모된다. 즉, 건물을 짓고 병력을 뽑아야 할 자원을 소모하여서 능력을 발현시킨다는 뜻이었다. 능력을 함부로 쓸 수 없는 것은 당연했다.

'그래서 조아생 뮈라의 활약이 그 정도로 그쳤었나 보군.'

단칼에 나무를 잘라 버리는 말도 안 되는 위력을 발휘했던 조아생 뮈라였다. 서열전에서도 그런 짓을 했다가는 마력이 크게 낭비되어 운영이 불가능해지는 것.

'어쩐지 운영을 너무 못 하더라니, 그런 문제가 있었군.'

하여튼 이제 전부 파악했다고 생각했던 서열전에 대해 또 다른 중요한 사실을 알게 되었다.

얼마나 많은 마력을 보유했느냐와 상관없이 공평히 실력을 겨룰 수 있는 서열전 시스템. 그런데 그 '실력'이라는 말에는 악마로서의 능력도 들어가는 모양이었다.

누군가는 조아생 뮈라처럼 싸움을 잘하고 누군가는 이신처럼 전략·전술에 능하듯, 또한 누군가는 악마로서의 고유 능력을 잘 활용하는 것이었다.

장각이 바로 그 세 번째 예였다. 앞으로는 그러한 능력까지도 고려해야 하는 싸움이 될 터였다.

'재미있군.'

이신은 미소를 지었다.

지금까지와 별다를 바 없는 서열전이었다면, 슬슬 지겨울 뻔했다.

* * *

"제 손을 절대 놓지 마세요."

"알고 있습니다."

이신도 이제 악마군주를 지겹게 만나봤기에 그레모리의 보호 없이는 마주보는 것조차도 위험하다는 걸 알았다.

"이번에는 특히나 치명적이에요. 미안하지만 여러 가지 조치를 더 해야겠어요."

시녀들이 줄줄이 무언가를 가져왔다.

그레모리는 이신의 눈에 안대를 씌우고 귀에 귀마개까지 꽂았다.

보이지도 들리지도 않게 된 이신.

그런 그의 마음속에 그레모리의 음성이 들렸다.

—단탈리안은 모든 지식을 알고 모든 것을 꿰뚫어봅니다. 그는 카이저에게 질문을 던져서 준비한 전략까지도 파악할 거예요.

"제가 대답하지 않으면 되지 않습니까?"

—대답하지 않아도 소용없었어요. 겉으로 드러나는 얼굴 표정은 물론, 심지어 눈빛의 변화를 통해서도 알아내고야 말 테니까요. 가장 좋은 것은 그의 질문을 듣지 않고 눈도 마주하지 않는 것입니다.

이신은 그만 섬뜩해졌다. 과연 악마군주다운 위험함이었다.

—카이저를 보호하려는 조치이니 답답해도 참으세요.

"문제없습니다."

이신이 고개를 끄덕였다.

두 사람은 텔레포트로 악마군주 단탈리안의 궁전을 방문했다.

보이지도 들리지도 않는 이신은 고개를 갸웃했다.

"책 냄새?"

—맞아요. 그의 궁전은 사방이 온통 책으로 둘러싸여 있어요. 천장마저도 책이 꽂혀 있죠.

그레모리는 단탈리안의 궁전의 풍경을 이신에게 들려주었다.

단탈리안의 궁전은 사상 초유의 거대한 도서관과도 같았다.

천장에도 중력을 무시한 채 책들이 빼곡히 꽂혀 있었고, 심지어 허공에도 책이 가득 꽂힌 책장들이 둥실 떠 있었다.

—단탈리안과 장각이 오네요.

나선형으로 궁전 중심부에 나 있는 계단으로 두 사람이 내려왔다.

단탈리안과 장각이었다.

수염을 길게 기른 전형적인 동양의 노인 장각은 마치 신선과도 같은 행색이었다.

반면 단탈리안은 한쪽 눈에 외눈안경을 쓴 젊은 학자처럼 생겼는데, 호사스러운 금장으로 표지가 장식된 매우 커다란 책 한 권을 들고 있었다.

"하하, 지극정성이시구려."

단탈리안은 안대와 귀마개를 착용한 이신을 보며 너털웃음을 터뜨렸다.

"그대를 만나려면 당연히 해야 하는 조치지, 악마군주 단탈리안."

"오랜만이오, 악마군주 그레모리."

그레모리는 마력을 살짝 돌려 단탈리안이 이신에게 텔레파시를 시도하지 못하게 원천봉쇄했다.

이신에게 말을 전달할 수 있는 모든 수단을 차단시킨 것이다.

아니나 다를까, 단탈리안은 곧장 이신에게 관심을 보였다.

"철두철미한 지략가, 경쟁을 즐기는 승부사, 뜻밖의 위기에 강한 냉철함, 때때로 과감해지는 도박사적인 기질까지 보이는군. 이런이런, 이거야 원 서열전을 하기 위해 태어난 것 같은 인간이군."

수많은 인간군상을 관찰한 단탈리안은 생김새만 보고도 이신을 파악했다.

옆에 함께 있던 장각은 함께 이신을 살피며 단탈리안의 설명을 머리에 새겼다.

상대가 어떤 인간인지 아는 것은 매우 중요했기 때문이다.

"강한 공격성이 느껴져. 겉은 차가운데 속은 아주 거친 타입일 거야. 하하, 좋은 계약자를 얻으셨소, 악마군주 그레모리."

"긴말을 하고 싶지 않다. 네게 도전하겠다, 악마군주 단탈리안이여."

"좋소. 2만 마력과 제2 전장 블루레인이오."

그레모리는 그 말을 이신에게 전달했다.

이신은 조금의 망설임도 없이 고개를 끄덕였다. 마치 그럴 줄 알았다는 태도였다.

장각은 그런 이신의 태도에 흠칫하지 않을 수 없었다.

이윽고…….

[악마군주 그레모리 님과 악마군주 단탈리안 님의 서열전입니다. 전쟁의 승패가 서열과 마력에 영향을 줍니다. 마력은 4만이 배팅됩니다.]

[마력 4만이 마력석이 되어 전장에 유포됩니다.]

[종족을 선택해 주십시오.]

"휴먼."

"엘프."

이신과 장각이 거의 동시에 대답했다.

장각은 흘깃 이신을 바라보았지만, 안대와 귀마개로 시각과 청각이 차단된 이신은 장각을 의식하지 않았다.

[서열전이 시작됩니다.]

[악마군주 그레모리 님의 계약자 이신 님과 악마군주 단탈리안 님의 계약자 장각 님께서 참전합니다.]

그렇게 서열전이 시작되었다.

* * *

"일해."

"옛!"

서열전이 시작됨과 동시에 이신은 명령을 내렸다.

먼저 할 일은 당연히 처음 주어진 노예 4명에게 마력석 채집을 시키는 것이었다.

언제나처럼 병영을 지어 출입구를 좁히고, 콜럼버스로 하여금 정찰을 보냈다.

'1시로 곧장 가라.'

"예!"

콜럼버스는 힘차게 달렸다.

제2 전장 블루레인.

시작 지점은 1시와 7시 두 군데밖에 없었기 때문에 상대방의 위치는 정찰을 가지 않아도 알 수 있었다.

하지만 전장의 특성상 깜짝 전략을 쓰기 용이하기 때문에 상대가 무엇을 하는지 빠르게 파악해야 했다.

[적을 발견했습니다.]

콜럼버스는 1시로 향하던 도중에 장각의 어린 엘프와 마주쳤다. 어린 엘프 또한 7시로 정찰을 가는 모양이었다.

하지만 그것을 본 순간, 이신의 뇌리로 수많은 생각이 스쳤다.

'일단 무시하고 계속 가던 길로.'

"예."

콜럼버스는 어린 엘프를 무시하고 그냥 지나쳐 1시로 계속 이동했다.

이신은 식량창고로 출입구의 공간을 완전히 메워 버렸다.

또한 앞마당의 뒤편에 나 있는 작은 샛길에도 막 소환된 궁병, 로빈 후드를 배치시켰다.

마주쳤던 어린 엘프가 출입구 쪽에 나타났다.

출입구가 막힌 것을 본 어린 엘프는 그대로 슥 떠나 버렸다.

잠시 후, 샛길에도 한 번 기웃거렸지만 로빈 후드가 지켜서고 있는 걸 보고는 포기하고 되돌아가는 모습이었다.

'내 예상이 맞을지 모르겠군.'

이신은 가만히 시간을 재기 시작했다.

콜럼버스의 정찰도 성사되지 않았다.

출입구를 엘프 슈터가 지키고 있었던 것이다.

엘프 슈터는 콜럼버스를 발견하자마자 즉시 활을 쏘려 했다.

다행히 콜럼버스는 이동 속도를 5% 높여주는 부츠를 신고 있어서 무사히 도망칠 수 있었다.

정찰을 허용하지 않겠다는 철저한 모습의 장각.

이신은 점점 자신의 예상에 확신을 갖기 시작했다.

'콜럼버스.'

"예, 계약자님!"

'적의 출입구를 계속 살펴라.'

"예!"

콜럼버스는 장각의 본진 출입구 앞에서 끊임없이 기웃거렸다.

엘프 슈터가 그때마다 화살을 쏴서 사살하려 들었지만, 꽁지 빠지게 달아났다가도 다시 돌아와 기웃거리는 약삭빠른 콜럼버스였다.

잠시 후,

"크헉!"

멀리서 날아온 화살 한 방이 옆구리에 꽂혔다.

콜럼버스는 비명을 질렀다.

새로운 엘프 슈터가 다른 방면에서 나타난 것이다.

아마도 귀찮게 하는 콜럼버스를 잡기 위해 샛길을 통해 빠져나와 기습한 모양이었다. 엘프 슈터는 냉정하게 콜럼버스를 향해 다시 한 번 장궁의 시위를 당겼다.

"여, 여기까지일 것 같습니다."

콜럼버스는 아픔을 참으며 말했다.

'이제 충분해. 완전히 확신했다.'

"다행히 이번에도 제가 공을……!"

콰악!

화살이 콜럼버스의 머리통에 꽂혀 버렸다. 그 즉시 그쪽의 시야도 더 이상 보이지 않게 되었다.

하지만 이신은 이미 충분히 확신한 뒤였다.

이신은 궁병 6명으로 이루어진 단출한 부대를 꾸렸다.

초라한 숫자지만 이신은 개의치 않고 명했다.

'3시로 진격.'

궁병 6명이 3시 지역을 향해 출발했다. 그중에는 로빈 후드도 포함되어 있었다.

이신은 이어서 로빈 후드에게 따로 지시했다.

'3시에 적이 건물을 짓고 있다. 아마 지금쯤 반쯤 지어졌겠군. 어린 엘프를 죽여서 완공하지 못하게 해라.'

"3시에 말씀이십니까?"

'3시에 없으면 9시다. 9시에도 궁병 하나를 보내서 확인해라.'

"예!"

아마도 장각은 콜럼버스가 앞마당에 마력석 채집장을 언제 가져나가 살피기 위해 기웃거리고 있었던 것이라고 생각했을 터였다.

하지만 이신이 콜럼버스를 통해 보고자 하는 건 그런 것이 아니었다.

아까 정찰을 하러 왔었던 어린 엘프의 행방이었다.

이신의 출입구와 샛길이 모두 막힌 것을 보고 그냥 포기하고 돌아간 어린 엘프.

그런데 콜럼버스가 장각의 본진 쪽을 쭉 지키고 있었는데, 어린 엘프는 돌아오지 않았다.

그럼 그 어린 엘프는 어디에 있을까?

'뻔한 일이지.'

그것을 염두에 두고, 이신은 어린 엘프가 3시나 9시에서 몰래 짓고 있을 건물이 언제쯤 완공될지 시간을 계산하고 있었다.

지금쯤 이신의 계산상 그 건물은 절반쯤 완공되어 있었다.

장각의 전략과 테크 트리도 그 건물의 목적에 맞춰져 있을 터였다.

그런데 그 건물이 완공되지 못하고 도중에 발각되면 어떻게 될까?

장각은 준비한 전략을 포기하고 차선을 택할 수밖에 없다. 그렇게 테크 트리가 엉클어져 버리면 그것도 장각에게는 큰 피해인 셈이었다.

그 모든 생각을, 이신은 단지 콜럼버스와 어린 엘프가 처음에 마주쳤을 때 떠올렸다.

그냥 그 어린 엘프를 본 순간, 이신은 직감적으로 추측한 것이었다.

무서울 정도로 고도화된 이신의 육감.

하나둘 단서를 얻으며 확신을 얻어가는 통찰력.

그리고 일부러 상대에게 시간을 주어서 들켰다는 사실을 모르게 만드는 침착함.

프로게이머로서의 풍부한 경험이 녹아들면서, 이신의 서열전 실력은 나날이 발전하고 있었다.

[적을 발견했습니다!]

3시에서 건물을 짓고 있던 어린 엘프가 궁병들에게 발각되었다.

예상대로였다.

쉬쉭— 콰콰콱!

"컥!"

어린 엘프는 단숨에 즉사했다.

피시시시식—!

어린 엘프가 심고 돌보고 있던 커다란 나무가 순식간에 시들었다.

발각된 순간, 장각이 건물 짓는 것을 중도에 취소시켜 버린 것이었다.

하지만 이신은 이미 장각이 무엇을 지으려 했는지 눈으로 확인한 뒤였다.

[동물의 나무 : 동물들의 쉼터가 되어주는 엘프들의 건물입니다. 동물의 나무에서 '왕독수리'와 '카나리아'를 소환할 수 있습니다.]

왕독수리는 4명까지 태워서 실어 나를 수 있는 엘프 종족의 탈것. 그것으로 이신은 장각이 본진에서 무엇을 준비하고 있는지도 전부 파악할 수 있게 되었다.

'엘프 어쌔신을 본진 드롭하려 했군.'

이신은 웃었다.

이제 장각은 그의 손바닥 위였다.

'이런!'

낭패였다.

3시 방면 구석진 곳에 숨겨 짓고 있던 '동물의 나무'가 완공 직전에 발각당해 버렸다.

하필이면 완공 직전!

동물의 나무가 완공되면 곧장 왕독수리를 소환할 계획이었다.

왕독수리가 소환 완료될 시각에 맞춰서 엘프 가드 4명도 은신술을 터득해 엘프 어쌔신으로 변신을 완료할 수 있을 터였다. 그 엘프 어쌔신 4명을 왕독수리에 태워 상대의 본진 안에 투입시키는 것이 장각의 전략이었다.

은신술을 써서 보이지 않는 엘프 어쌔신들은 유령처럼 움직이며 노예들부터 사살할 수 있을 터였다.

아직 그에 따른 대비를 하지 못했을 때 침투시키기 위하여 일부러 마력석 채집장도 늘리지 않고 이 전략에 주력하였다.

'아주 조금만 더 늦게 들켰더라면!'

겨우 궁병 6명 따위에게 일이 틀어지다니, 말도 안 되는 경우였다.

동물의 나무가 완공되었더라면, 설사 공격을 받더라도 왕독수리의 소환이 완료되기 전에 건물이 부서질 염려는 없었다.

무기 강화도 안 된 궁병들의 화살 따위는 엘프의 건물인 나무를 부수기에 부적합했기 때문이다.

'설마?'

장각은 문득 다른 의심이 들었다.

만약에 상대가 일부러 아슬아슬한 순간까지 모른 척했던 거라면?

'염탐을 해야겠다!'

장각은 서둘러 엘프 어쌔신 4명과 엘프 슈터 2명을 보냈다.

공격보다는 우선 상대의 상태를 보기 위함이었다.

그러나 장각의 병력은 가는 도중에 이신이 길목에 배치시켜 놓은 궁병 1명에게 포착되었다.

궁병은 장각이 보낸 병력을 발견하자마자 잽싸게 내빼버렸다.

'철저한 인물이구나.'

간담이 서늘해진다.

이신의 진영에 이르자 장각이 염려했던 광경이 보였다.

앞마당에 마력석 채집장을 마련하고 있었다.

때마침 사령부 건물이 완공되었는지, 노예들이 본진에서 우르르 나와 앞마당에서 마력석을 채집하기 시작했다.

어디 그뿐인가?

화살탑 1개와 감시탑 1개가 나란히 세워져 있었다.

[감시탑 : 휴먼의 방어 시설. 근처에 있는 눈에 보이지 않는 적을 포착하며, 궁병 혹은 석궁병 1명이 들어가 공격을 할 수 있습니다.]

'역시 전부 알아차렸구나.'

동물의 나무를 몰래 짓는 것을 포착하자마자 장각의 전략을 전부 읽은 게 틀림없었다.

정면에서 싸워서는 매우 불리했다.

그렇지만 공격을 하지 않아도 불리했다.

이신은 이미 앞마당에 마력석 채집장을 완성해 놓은 상태였기 때문이다.

장각은 이제야 겨우 마력석 채집장을 짓기 시작했는데 말이다. 조금만 시간을 주면 압도적인 마력 채집량이 병력 차로 바뀔 터였다.

'하는 수 없군. 최후의 수단을 쓰는 수밖에.'

일단은 병력을 철수시켰다.

그리고 동물의 나무를 다시 짓기 시작했다. 이번에는 안전하게 본진 안에 지었다.

앞마당에 완성된 마력석 채집장에 어린 엘프들을 보내 일을 시켰다. 비로소 마력석 채집장의 숫자는 같아졌지만, 마력 채집량 격차는 이미 벌어진 뒤였다.

장각은 엘프 슈터와 엘프 가드의 숫자를 늘리고, 엘프 스나이퍼와 엘프 어쌔신의 숫자도 늘려 나갔다.

하지만 아마 지금쯤 이신은 더 많은 병력을 보유하고 있을 터였다. 게다가 엘프 어쌔신을 이용한 기습 전략도 이미 읽힌 상태.

하지만 상관없었다.

장각에게는 최후의 수단이 남아 있었다.

바로 자신의 악마로서의 고유 능력!

'넌 알아도 막지 못할 것이다.'

병력이 계속 소환되고, 동물의 나무에서도 왕독수리가 하나 둘 소환되었다.

왕독수리가 소환되는 족족 병력을 4명씩 태웠다.

*　　　　*　　　　*

'대규모 드롭을 노리겠지.'

대규모 드롭 공격을 성공시켜 이신의 본진을 쑥대밭으로 만들면, 충분히 전세가 역전된다고 생각할 터였다.

하지만 그마저도 이신은 읽고 있었다.

이신은 궁병을 전장 곳곳에 배치시켜서 시야를 밝혀놓은 상태였다.

어느 경로로 날아오든 이신의 감시망을 피할 수는 없었다.

병력이 계속 쌓이자, 이신도 슬슬 승부의 타이밍을 재기 시작했다.

타이밍은 장각이 공격에 나선 순간이었다.

싸움을 준비하는 양 진영.

일촉즉발의 순간이 서서히 다가왔다.

그리고 마침내, 장각이 먼저 움직였다.

장각은 신중했다.

우선은 엘프 어쌔신 2명을 보내 전장의 곳곳에 이신이 배치시킨 석궁병을 사살했다.

왕독수리의 이동 경로를 파악당하면 중간에 요격당하는 수가 있었기 때문이다.

감시하는 석궁병을 사살할 때마다, 왕독수리 5마리가 천천히 그 방면으로 이동했다.

그 5마리에는 엘프 어쌔신 16명과 엘프 스나이퍼 4명이 탑승한 상태.

물론 그것만이 아니었다.

이신을 이목을 딴 데 돌리기 위하여 엘프 슈터와 엘프 가드 등이 주축으로 이루어진 병력도 지상으로 진군시켰다.

지상과 공중 양면에서 장각이 진군하고 있었다.

하지만 그렇게 장각이 움직인 순간이었다.

[적의 공격을 받았습니다!]

'뭐!'

앞마당의 언덕 위에서 석궁병 4명이 볼트를 쏴대고 있었다.

무기 강화가 되어서 궁병에서 업그레이드된 석궁병의 볼트는 조잡했던 화살과 그 위력을 달리했다.

—아악!

—흐윽!

앞마당에서 마력석을 채집하던 어린 엘프들이 하나둘 죽어 나갔다.

장각은 재빨리 어린 엘프들을 본진 쪽으로 대피시키고, 5마리의 왕독수리 중 1마리를 방어를 위해 돌아오게 했다.

왕독수리가 가까이 접근하자, 4명의 석궁병이 일제히 일점사격을 했다. 왕독수리에서 아직 은신술을 쓰지 않은 엘프 어쌔신 4명이 내렸지만, 석궁병들은 아랑곳하지 않고 왕독수리만 공격했다.

피투성이가 된 채 간신히 엘프 어쌔신들만 내려놓고 도망친 왕독수리. 석궁병들은 엘프 어쌔신들의 공격을 받아 죽는 순간까지 왕독수리만을 집요하게 공격했다.

그리고…….

쉬쉬쉭— 콰콰콱!

—키아아악!

놀랍게도 언덕 아래쪽에 숨어 있던 석궁병 무리가 또 나타나 왕독수리를 공격했다.

공격을 많이 받아 기진맥진했던 왕독수리는 속절없이 죽었다.

'귀찮게 하는군!'

그 바람에 언덕 위의 적을 진압한 엘프 어쌔신들은 왕독수리가 없어 고립되었다.

그뿐만이 아니었다.

[적이 출현했습니다!]

그리핀 4기가 석궁병들을 태운 채 나타났다.

그리핀은 2명씩밖에 병력을 태울 수 없었으나, 탑승한 병력이 공격을 할 수 있다는 점에서 엘프의 왕독수리와 달랐다.

'내 왕독수리를 집중적으로 노리는 거구나!'

이신은 왕독수리를 없애서 장각의 공격 수단을 원천봉쇄하려는 의도가 틀림없었다.

'가만히 당하지는 않는다.'

왕독수리는 그리핀을 피해 도망쳤다. 이윽고 지상으로 움직이던 병력과 합류했다. 걸어서 진군하던 엘프 가드 등이 화살을 쏘자 그리핀들은 더는 접근하지 못하고 물러났다.

지상과 공중에서 함께 진군하자, 이번에는 투석기가 그들을 맞이했다.

퍼어엉! 콰앙!

2기의 투석기가 언덕 위에 절묘하게 자리 잡은 채 바위를 날려댔다.

엘프 어쌔신 4명을 태운 왕독수리 1마리가 언덕으로 다가오자, 그리핀들이 나타나 공격하려 들었다.

이신은 그렇게 대규모 병력을 동원한 큰 전투는 피하면서도 그렇게 작은 규모로 견제를 가해 장각의 진군을 방해했다.

그리핀으로 장각의 앞마당이나 본진에 병력을 2명씩 실어 날라서 어린 엘프들을 기습적으로 사살하기도 했다.

정면승부를 피한 채 철저히 견제로 상대에게 피해를 누적시켜 나가는 이신 특유의 스타일이었다. 장각은 정신없이 괴롭힘을 당하면서도 끈질기게 진격, 마침내 이신의 앞마당 앞에 당도했다.

장각은 이신의 앞마당에 보이는 방어 상태를 살폈다.

'생각보다 병력이 많지 않은데?'

장각은 즉각 전장 곳곳을 정찰했다.

9시 지역으로 향하던 엘프 슈터가 그리핀을 만나 사살당했다. 하지만 눈으로 확인 못 했어도 장각은 이신의 빠른 반응으로 눈치챌 수 있었다.

'마력석 채집장을 하나 더 가져갔구나!'

시간상 9시의 마력석 채집장을 가져간 지는 그리 오래되지 않았다. 그렇다면, 지금 현재는 이신의 병력이 생각보다 많지 않다는 뜻이었다.

마력석 채집장을 가져가기 위해 병력 소환에 쓸 마력을 투자해 버렸으니 말이다.

'병력이 많지 않아도 방어는 충분하다고 생각한 모양이군.'

장각은 회심의 미소를 지었다.

'뛰어난 실력자였는데, 마지막에 실수를 했구나.'

물론 일반적으로는 저 정도 방어 상태로도 충분했다.

하지만 상대가 장각이라면 이야기가 다르다.

'본진의 주요 건물을 전부 때려 부수고 내가 승리하겠다.'

장각은 마침내 아껴왔던 비장의 무기를 꺼내들었다.

'빙의!'

[사도 에렌의 능력 빙의를 사용합니다.]

[계약자 장각 님께서 사도 에렌의 육체에 빙의됩니다.]

장각은 왕독수리에 탑승하고 있던 엘프 어쌔신 에렌에게 빙의했다.

장각은 두 손을 모아 수인을 만들고 능력을 발휘했다. 한땐 인간이었으나, 지금은 중급 악마인 그의 고유 능력이었다.

[계약자 장각 님께서 고유 능력을 사용합니다. 채집한 마력 중 300이 소모됩니다.]

"차앗!"

장각이 능력을 펼쳤다.

4마리였던 왕독수리가 삽시간에 11마리로 늘어났다.

장각의 능력은 바로 환영(幻影)을 만드는 것. 특정 대상과 똑같이 생긴 환영을 7개 만드는 것이었다.

모든 학문과 예술에 달통하며, 환영을 만들어 퍼뜨리기도 하는 악마군주 단탈리안을 꼭 빼닮은 고유 능력이었다.

12마리의 왕독수리가 앞마당에 비해 병력 배치가 소홀한 본진으로 침투했다.

감시탑과 화살탑에서 석궁병들이 화살을 쏘았지만, 장각이 만들어낸 환영들이 맞아주었다. 환영들은 심지어 물리력도 어느 정도 있어서 방패가 되어주었다.

그렇게 이신의 대공 방어를 뚫고 침투하는 데 성공한 왕독수리들이 엘프 어쌔신과 엘프 스나이퍼들을 일제히 내렸다.

"한 번 더!"

장각이 다시 한 번 300마력을 소모하여 능력을 펼쳤다.

적용 대상은 바로 엘프 어쌔신.

능력이 적용된 엘프 어쌔신이 8명으로 늘어났다.

엘프 어쌔신들이 일제히 은신술을 펼쳤다. 그리고 사방으로 흩어져 이신의 본진을 휘젓기 시작했다.

엘프 스나이퍼 4명은 본진 출입구에 배치되었다.

본진으로 들어올 이신의 병력을 막기 위해서였다.

이신의 본진이 농락당하기 시작했다.

하지만 장각은 몰랐다. 이신이 이미 현실 세계에서 이와 비슷한 양상의 e스포츠 경기를 본 적 있었다는 사실을.

장각이 만들어낸 환영들이 다수 소멸됐지만, 왕독수리 4마리는 아직 무사했다.

장각은 계속해서 지상 병력을 태워서 계속 본진에 들여놓았다. 그렇게 2차례 더 드나들며 모든 병력을 이신의 본진에 투입했을 때였다. 기다렸다는 듯이 그리핀들이 나타났다.

그리핀에 탄 석궁병들이 왕독수리를 공격했다. 이미 자기 임무를 마친 왕독수리들이었지만 이신은 집요하게 왕독수리만을 노렸다.

왕독수리를 모두 사살한 뒤에는, 본진 출입구에 식량창고와 화살탑 등을 지어서 아예 밀봉시키는 이신.

장각의 주력 병력을 본진 안에 가둬 버린 것이었다.

'진격!'

이신은 최소한의 병력만을 앞마당에 남겨놓은 채, 장각의 진영을 향해 진군시켰다.

3군데의 마력석 채집장에서 모은 마력으로 쏟아진 병력들이 장각의 진영이 있는 1시를 향해 질풍같이 진격했다.

빠르게 비행하는 그리핀들이 먼저 당도해 어린 엘프들을 사살했지만 장각은 그것을 막을 여력이 없었다.

능력을 발휘하는 데 600마력이나 쓰는 바람에 추가 병력을 소환할 마력이 없었기 때문이었다.

이 또한 이신의 계산대로였다.

장각은 본진을 내팽개쳐 놓고 진군해 버리는 이신의 판단에 어안이 벙벙해졌다.

『마왕의 게임』 5권에 계속…